तनाव मुक्त कैसे रहें

(How to Control Mind and be Stress-Free)

मन को नियंत्रित कर

तनाव मुक्त कैसे रहें

(How to Control Mind and be Stress-Free का हिंदी अनुवाद)

लेखक

इंजी. एम.के. गुप्ता

अनुवाद

सुरेन्द्रनाथ सक्सेना

पुस्तक महल®

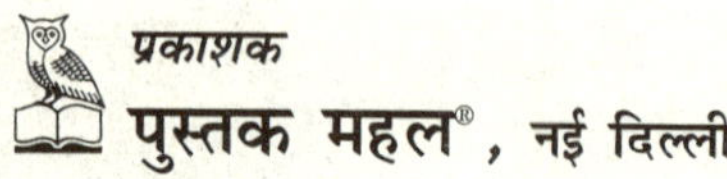

प्रकाशक

पुस्तक महल®, नई दिल्ली

प्रशासनिक कार्यालय एवं विक्रय केन्द्र

J-3/16, दरियागंज, नई दिल्ली-110002
☎ 23276539, 23272783, 23272784 • फैक्स: 011-23260518
E-mail: info@pustakmahal.com • Website: www.pustakmahal.com

शाखाएं

बंगलुरू: ☎ 080-2234025 • टेलीफैक्स: 080-22240209
E-mail: pustakmahalblr@gmail.com
मुंबई: ☎ 022-22010941, 022-22053387
E-mail: unicornbooksmumbai@gmail.com
पटना: ☎ 0612-3294193 • टेलीफैक्स: 0612-2302719
E-mail: rapidexptn@gmail.com

ISBN 978-81-223-0088-8

संस्करण: 2016

मूल्य: ₹ 100/-

मुद्रक: राधा ***Ar Emm International, New Delhi***

आमुख

यद्यपि बाजार में इस विषय पर अनेक पुस्तकें उपलब्ध हैं तथापि वे प्राय: नैतिक तथा आध्यात्मिक पक्षों का ही वर्णन करती हैं, जिससे उनमें वैज्ञानिक आधार का अभाव रहता है। वे उपदेश के रूप में होती हैं कि व्यक्ति को क्या करना चाहिए और क्या नहीं करना चाहिए।

प्रस्तुत पुस्तक विज्ञान और अध्यात्म के इस अंतराल को पूरा करने का एक प्रयास है। इसमें पहले विचारों, तनाव और मन की प्रकृति की वैज्ञानिक व्याख्या की गई है, इसके पश्चात वैज्ञानिक आधार पर उनको व्यवस्थित करने तथा वश में करने की विशेष विधियां बताई गई हैं। मन और शरीर के मध्य स्थित पारस्परिक संबंधों की स्पष्ट व्याख्या के द्वारा उनके शारीरिक तथा मानसिक स्वास्थ्य पर पड़ने वाले प्रभावों का भी उचित रूप में वर्णन किया गया है। पुस्तक के एक खंड में जीवन का उद्देश्य तथा जीवन से संबंधित कुछ सत्यों पर प्रकाश डाला गया है जो आपको तनावमुक्त होने में काफी कारगार सिद्ध होंगे।

मुझे पूर्ण आशा है वैज्ञानिक प्रकृति के लोगों को यह पुस्तक निश्चित रूप से पसंद आएगी और वे इससे लाभ उठायेंगे। यदि कोई भी पाठक अपना सुझाव/सम्मति भेजना चाहे तो मैं उसका स्वागत करूंगा।

–एम.के. गुप्ता

ई-मेलः *mkg.iuac@gmail.com*

विषय सूची

1. **मन** **1–29**

परिचय 1–3

मन का स्वभाव 3–8

◆ मन क्या है ◆ मन मस्तिष्क से भिन्न है ◆ मन का कोई वजन या माप नहीं ◆ मन अनादि और अमर है ◆ मन स्वभाव से अविभाज्य है ◆ मन स्वयं संचालित व स्वयं प्रकाशित है ◆ मन शरीर से स्वतंत्र भी रह सकता है ◆ शरीर में मन का स्थान ◆ मन और शरीर एक दूसरे को प्रभावित करते हैं।

मन के स्तर 9–12

◆ चेतन मन ◆ उपचेतन मन ◆ महाचेतन मन या सुपरचेतन मन

आत्मा क्या है 12

चेतना की विभिन्न अवस्थाएं 13–14

◆ चेतना की जाग्रत अवस्था ◆ चेतना की बदली हुई अवस्थाएं

मन की अवस्थाएं और मस्तिष्क तरंगें 15

मन पर नियंत्रण और उसकी विधिया 16–29

◆ शारीरिक विधियां ◆ मानसिक विधियां ◆ आध्यात्मिक विधियां

2 **विचार** **30–42**

परिचय 30–31

विचारों की प्रकृति और प्रभाव 31–39

विचारों की प्रक्रिया में सुधार कैसे करें 39–42

3 **मानसिक दबाव या तनाव** **43–64**

मानसिक दबाव की प्रकृति 43–52

मानसिक दबाव के कारण 53-57

मानसिक दबाव दूर करने के उपाय 57-64

4 मन को तनावमुक्त करने के लिए कुछ लेख 65-103

जीवन का अर्थ और उद्देश्य 65-68

जीवन के सुख-दुख 68-73

जीवन की समस्याएं और सीमाएं 73-79

इच्छाएं एवं उन पर नियंत्रण 79-84

कर्मयोग-कुशलतापूर्वक व तनावरहित कार्य
करने की कला.. 84-91

भाग्य और मनुष्य की स्वतंत्रता 91-94

सच्चे सुख का स्त्रोत 94-98

मन की गति को धीमा करना 98-100

अकेलापन और बोरियत 100-101

मोह का त्याग 102-103

5 प्रेरक वचन 104-112

1

मन

"मन संसार की सबसे शक्तिशाली वस्तु है। जिसने अपने मन को वश में कर लिया है, वह संसार की किसी भी चीज को नियंत्रित कर सकता है।"

– **स्वामी शिवानन्द**

"मेरे विचार से शिक्षा का सार मन की एकाग्रता का विकास करना है, तथ्यों को याद रखना नहीं। यदि मुझे अपनी शिक्षा पुन: ग्रहण करनी पड़े और उसके बारे में कुछ करने का अधिकार हो तो मैं तथ्यों की बिलकुल चिंता नहीं करूंगा वरन् अपनी एकाग्रता और अनासक्ति की शक्तियों को बढ़ाऊंगा और तत्पश्चात एक संतुलित मन द्वारा जब चाहूंगा तथ्यों को पढ़ सकूंगा और उन्हें स्मरण रख सकूंगा।"

– **स्वामी विवेकानन्द**

परिचय

समस्त योगों और आध्यात्मिक शिक्षाओं का सार 'मन को वश में करना ही है।' यह केवल आध्यात्मिक उन्नति करने के लिए ही नहीं वरन् दिन प्रति दिन के वास्तविक जीवन में सफलता पाने के लिये भी परम आवश्यक है। **एक बार जब आप अपने मन को वश में कर लेते हैं तो इसके फलस्वरूप स्वाभाविक रूप से सुख-शांति प्राप्त कर लेते हैं।**

हमारे लगभग सारे दुखों एवं कष्टों का कारण होता है–मन पर उचित नियंत्रण न होना। अपने मन का स्वामी होने की बजाए हम उसके दास हो गए हैं और मन अपनी इच्छानुसार हमें नचाता है। बजाए इसके कि हम अपने मन को आदेश दें, वह हम पर शासन कर रहा है और विभिन्न दिशाओं में हमें संचालित कर रहा है। नौकर मालिक बन बैठा है तथा मालिक नौकर। यदि हम सच्चे अर्थों में सुखी एवं शांत होना चाहते हैं, तो हमें मालिक के रूप में

अपनी प्रतिष्ठा मन के ऊपर स्थापित करनी होगी अर्थात हमें अपने मन की चंचलता को वश में करके उसे वहां केंद्रित करने में समर्थ होना चाहिए जहां हम चाहते हैं। जब तक हम अपने मन को जीत कर, उस पर अपना नियंत्रण स्थापित नहीं करते, हम चिंतित और दुखी ही रहेंगे। हम इस स्थिति से बच ही नहीं सकते। वास्तव में अपने मन को नियंत्रित करने की क्षमताओं में अंतर ही हमें एक दूसरे से भिन्न बनाता है।

एक अनियंत्रित मन निरंतर एक विचार से दूसरे विचार तक झूलता रहता है। वह एक क्षण के लिए भी स्थिर नहीं होना चाहता। जैसे ही एक विचार जाता है, दूसरा चला आता है और ये सिलसिला कभी समाप्त नहीं होता। यहां तक कि सुप्तावस्था में भी ये चंचल मन स्वप्न में हमें परेशान करता रहता है। वह सदा रोता-हंसता, कूदता-फांदता, मारता-पीटता आदि क्रियाएं करता रहता है। जितना अधिक हम उससे लड़ने का प्रयत्न करते हैं, उतनी ही तेजी से वह हम पर अधिकार जमाता है। परिणामस्वरूप हम और अधिक विचलित और चिड़चिड़े हो जाते हैं।

एक अनियंत्रित एवं असंतुलित मन सदा विभिन्न भावनाओं में उलझा एवं जकड़ा रहता है जैसे पसंद, नापसंद, प्रेम, घृणा, ईर्ष्या, बदले की भावना, क्रोध, दुख, अभिमान, भय इत्यादि। वास्तविक जीवन एवं संसार का उसके यथार्थ रूप में सामना कर पाने में मन की असमर्थता के परिणामस्वरूप ही ये भावनाएं उत्पन्न होती हैं। जीवन के दोहरे पक्ष से मन प्रभावित होता है जैसे - पाना-खोना, सफलता-असफलता, प्रशंसा-अपमान, जीवन-मृत्यु, खुशी - दुख, संयोग-वियोग इत्यादि। इसी कारण मन एक पल बहुत खुश और उत्तेजित होता है तो दूसरे ही पल निराश, क्षुब्ध एवं तनावग्रस्त।

यदि एक बार आप अपने मन को जीत लें तो आपका पूरा व्यक्तित्व बदल जाता है - तब आप सदा शांत एवं प्रसन्न रहेंगे। कोई भी व्यक्ति या स्थिति आपके मानसिक संतुलन को प्रभावित नहीं कर पाएगी। तब आप एक ऐसी अवस्था को प्राप्त करेंगे जहां बाहरी परिस्थितियां आपको अपने शिकंजे में नहीं जकड़ पाएंगी बल्कि आपके सामने समर्पण कर देंगी। *कठिन से कठिन विरोध या बाधा के समक्ष भी आप एक चट्टान की तरह दृढ़ एवं अडिग रह सकेंगे।* अब आप राजाओं के राजा हैं और पूरी दुनिया को हिला देने की सामर्थ्य के स्वामी हैं। और जो भी आपके संपर्क में आता है, उसके लिए आप प्रकाश एवं शक्ति का स्रोत हैं। जैसे बहते हुए पानी को बांध बना कर नियंत्रित किया जाए तो उसकी शक्ति कई गुना बढ़ जाती है, ठीक उसी प्रकार नियंत्रित मन की शक्ति भी बढ़ जाती है।

यद्यपि यह कठिन है किन्तु निरंतर अभ्यास एवं दृढ़ निश्चय से अपने मन पर विजय पाना निस्संदेह संभव है। इसके लिए जीवन पर्यंत अभ्यास की आवश्यकता है, किन्तु नियंत्रित मन से प्राप्त होने वाले असीमित लाभ के लिए इतना लंबा प्रयास कुछ अधिक नहीं।

अपने मन को नियंत्रित करने का अभ्यास आरंभ करने से पहले हमें अपने मन के मूल स्वभाव व गुणों को समझना अति आवश्यक है। मन के मूल स्वभाव व गुणों को जाने बिना इसे नियंत्रित करने का प्रयास असफल ही होगा। यही कारण है कि अनेक लोगों को प्राय: यह कहते सुना गया है कि मन को नियंत्रित करने के अनेक वर्षों के प्रयास के बाबजूद, वे अब तक वहीं हैं जहां से उन्होंने शुरू किया था।

मन का स्वभाव

मन क्या है

मन हमारे भीतर की वह शक्ति है जिसके कारण हम अपने प्रति सचेत एवं जागरूक होते हैं। आत्म-चेतना तथा अन्य लोगों के प्रति भी सचेत होना मन की वे मूल वृत्तियां हैं जो जीवित को निर्जीव से अलग करती हैं। एक पत्थर स्वयं के प्रति सचेत नहीं होता क्योंकि इसका कोई मन नहीं है। सभी भौतिक पदार्थों के बारे में यही कहा जा सकता है। चूंकि उनमें चेतना नही इसलिए वे न सोच सकते है न तर्क कर सकते है, न ही विश्लेषण कर सकते हैं। उन्हें खुशी या दर्द महसूस नहीं होता। ये मन ही है जो सोच सकता है, चिंतित हो सकता है, अच्छा या बुरा अपना सुख-दुख महसूस कर सकता है। एक निर्जीव वस्तु में ये सब सामर्थ्य नहीं होती।

आपका मन या आत्मा ही वास्तविक आप हैं। आप इस शरीर के स्वामी हैं ठीक उसी प्रकार जैसे आप एक मकान या कार के मालिक हैं। यही वजह है कि आप अपने शरीर के बारे में वैसे ही बात करते हैं जैसे अपनी कार या मकान के बारे में, उदाहरणत: मेरा शरीर, मेरी कार, मेरा मकान इत्यादि। शरीर वह माध्यम है जिसके ज़रिए मन इस दुनिया में क्रियाशील होता है, दुखी या प्रसन्न होता है।

ये मन ही है जो विभिन्न इंद्रियों एवं मस्तिष्क के ज़रिए देखता है, सुनता है या सूंघता है। यदि मन का संबंध शरीर से विलग हो जाए तो आपको कोई पीड़ा महसूस नहीं होगी। मन ही शरीर के सुख एवं दुख का अनुभव

करता है। उदाहरण के लिए, सुप्तावस्था में एक घायल व्यक्ति को भी कोई दर्द नहीं होता क्योंकि उस समय उसके मन का संपर्क शरीर से टूट जाता है। कर्मेन्द्रियों के माध्यम से मन ही बोलता है, खाता है और विभिन्न कार्य करता है।

मन मस्तिष्क से भिन्न है

शरीर के किसी भी अंग की भांति मस्तिष्क भी शरीर का अंग है, किन्तु मन एक अभौतिक तत्व है। मस्तिष्क की तुलना एक जटिल कंप्यूटर से की जा सकती है जिसके माध्यम से मन शरीर पर नियंत्रण करता है तथा शरीर से संबंध स्थापित करता है। इस प्रकार मस्तिष्क शरीर एवं मन के बीच माध्यम का काम करता है।

सोचना, महसूस करना, तर्क करना, कल्पना करना इत्यादि मन के ही कार्य हैं। मस्तिष्क एवं शरीर स्वभाव से निर्जीव हैं अतः विचार या महसूस नहीं कर सकते। मन या आत्मा के प्रवेश से ही शरीर एवं मस्तिष्क जीवित हो उठते हैं। मृत्यु के समय जब मन (या चेतना अथवा आत्मा) भौतिक शरीर को छोड़ देता है तो मस्तिष्क तथा शरीर मृत हो जाता है तथा किसी भी भौतिक वस्तु की भांति ही बन जाता है। अतः मस्तिष्क एवं शरीर केवल मन के

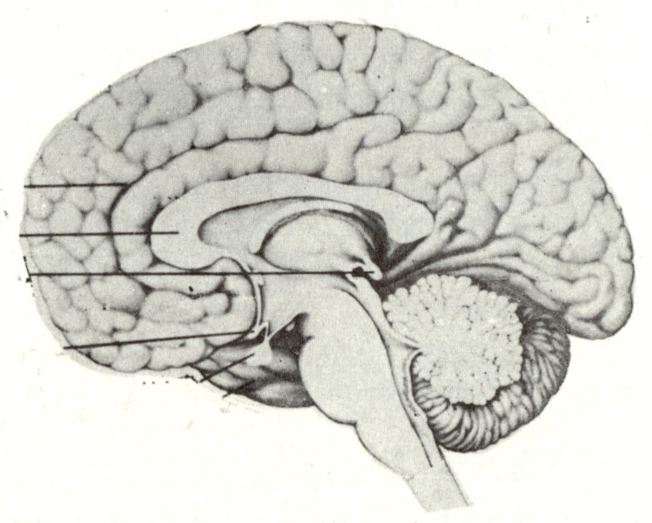

मस्तिष्क एक शारीरिक अंग है चेतना या मन इसमें निवास करता है

मन का कोई वज़न या माप नहीं

अभौतिक होने के कारण मन का भार नहीं लिया जा सकता, न किसी पैमाने से उसका परिमाण पता लगाया जा सकता है और न इसका किसी प्रयोगशाला में रासायनिक विश्लेषण किया जा सकता है। ये सभी गुण (भार आदि) केवल भौतिक पदार्थों के हैं।

मन अनादि और अमर है

शरीर और मस्तिष्क प्राकृतिक रूप से भौतिक होने के कारण स्वाभाविक रूप से नाशवान और मरणशील है जबकि मन, चेतना या आत्मा कभी नहीं मरती। शरीर की मृत्यु होने के बाद भी वह शेष रह जाती है। समय व्यतीत होने के साथ मन क्षीण होने के बजाय अनुभव और प्रौढ़ता प्राप्त कर विकसित होता रहता है। संक्षेप में कहा जाय तो मन अथवा आत्मा आदि अंतहीन है। वह अमर है, न तो कभी ऐसा समय था जब वह नहीं था और न कभी ऐसा समय आएगा जब वह नहीं होगा। वह सृष्टि और विनाश से तथा समय और स्थान से परे है, वह सदैव रहने वाला है। बाहर की कोई भी हिंसा, हत्या, अग्नि, दुर्घटना या बम उसे छू नहीं सकते।

मन स्वभाव से अविभाज्य है

भौतिक वस्तुओं की तरह चेतना या मन को बांटा या टुकड़ों में विभाजित नहीं किया जा सकता। वह अपने पूर्ण रूप में ही कार्य करता है। कुछ लोग यह विचार करते हैं कि एक बच्चे का मन या आत्मा उसके माता-पिता की आत्मा अथवा मन द्वारा रचा जाता है। लेकिन यह असंगत है, क्योंकि जैसी कि पहले व्याख्या की जा चुकी है, चेतना शारीरिक वस्तु नहीं है और उसे माता-पिता की चेतना से टुकड़े के रूप में नहीं लिया जा सकता। इसी प्रकार कुछ लोग यह सोचते हैं कि परमात्मा (या भगवान) ने अपने को विभिन्न भागों में विभाजित कर लिया है जो व्यक्तिगत आत्माएं बन गईं हैं। यह विचार ही अपने आप में बेतुका है और किसी भी तर्क से सिद्ध नहीं होता।

मन स्वयं संचालित व स्वयं प्रकाशित है

भौतिक वस्तुओं को अपना कार्य करने के लिए एक शक्ति के स्रोत की आवश्यकता होती है लेकिन मन या चेतना को अपना कार्य करने के लिए

किसी बाहरी शक्ति स्रोत की जरूरत नहीं होती। वह स्वयं संचालित और स्वयं प्रकाशमान है और अनंतकाल तक कार्य करता रहता है। यह तो मस्तिष्क है जिसे अपने कार्यों के लिए शक्ति की आवश्यकता पड़ती है।

मन शरीर से स्वतंत्र भी रह सकता है

मन शरीर से कहीं अधिक शक्तिशाली है। मन एक मालिक की तरह काम करता है और शरीर मन के नौकर की तरह। मृत्यु के बाद शरीर का नाश हो जाता है लेकिन मन एक आधारभूत इकाई की तरह जीवित रहता है।

कुछ लोग ऐसे हैं जो अपनी मानसिक शक्तियों को इतना विकसित कर लेते हैं कि अपने जीवनकाल में ही वे स्वेच्छा से अपने शरीर को छोड़ कर जहां भी जाना चाहते हैं चले जाते हैं और फिर अपने शरीर में वापस आ जाते हैं। इन यात्राओं की अवधि में वे (अर्थात उनके मन) अपने शरीर से एक सूक्ष्म (रजत तंतु) द्वारा जुड़े रहते हैं। इसे "शरीर से बाहर के अनुभव" या आस्ट्रल ट्रेवलिंग (Astral Travelling) कहते हैं। कभी कभी हमें ऐसे अनुभव बिना किसी प्रयत्न किए भी हो जाते हैं जब हम मृत्यु के करीब से गुजर जाते है।

मृत्यु होने पर यह रजत तंतु टूट जाता है जिससे मन और शरीर पूरी तरह एक दूसरे से अलग हो जाते हैं और शरीर की मृत्यु हो जाती है। इसके अतिरिक्त दूसरी मानसिक शक्तियां भी होती हैं। उदाहरण के लिए सुदूर स्थित व्यक्ति से विचार विनिमय करना, दूर के दृश्यों को देख लेना, सुदूर हुई आवाजों को सुन लेना आदि। इन सभी कार्यों में शरीर या भौतिक साधनों का उपयोग नहीं होता। ये सभी कार्य सीधे हमारे मन द्वारा संपादित होते हैं।

गहरे ध्यान की स्थिति में भी व्यक्ति अपने शरीर से लगभग अलग हो जाता है। ऐसी दशा में यदि आपसे कोई बात करे या आपका स्पर्श करे, तो आपको कुछ भी अनुभव नहीं होगा। क्योंकि मन का संबंध शरीर और बाहरी संसार से लगभग टूट सा जाता है और उसका प्रवेश आंतरिक जगत में हो जाता है।

शरीर में मन का स्थान

मन (या चेतना/आत्मा) एक सूक्ष्म प्रकाश बिंदु है जो मस्तक के मध्य में दोनों भौं के मध्य (भृकुटि मध्य) स्थित रहता है। योगिक शब्दावली में इस स्थान को आज्ञाचक्र कहते हैं। मस्तक के इस विशेष स्थान पर परंपरा के अनुसार

लाल बिंदु लगाना जिसे तिलक लगाना कहते हैं इस स्थान के महत्व को प्रकट करता है। कुछ लोगों का यह विश्वास कि आत्मा का स्थान हृदय है और हमारी समस्त भावनाएं हृदय से आती हैं सही नहीं है। आत्मा का स्थान मस्तिष्क में है क्योंकि इसी के द्वारा वह पूरे शरीर से संबंध रखती है और मस्तिष्क शरीर के नियंत्रण-कक्ष की भांति कार्य करता है। हमारी सभी भावनाएं भी मन या आत्मा में ही उत्पन्न होती हैं। हृदय एक शारीरिक अंग है जो शरीर के रक्त संचालन को नियंत्रित करता है। एक शारीरिक या भौतिक वस्तु भावनाओं का सृजन नहीं कर सकती क्योंकि भावनाओं की प्रकृति अभौतिक है।

यहां चेतना या मन का निवास है

मन और शरीर एक दूसरे को प्रभावित करते हैं

मन और शरीर एक दूसरे से घनिष्ट रूप से संबंधित हैं। शरीर की दशा और स्वास्थ्य में होने वाला कोई भी परिवर्तन मन की दशा और स्वास्थ्य को प्रभावित करता है। उसी प्रकार मन की दशा या मूड में होने वाला प्रत्येक परिवर्तन शरीर पर समान रूप से प्रभाव डालता है। दूसरे शब्दों में हम कह सकते हैं कि शरीर और मन एक दूसरे पर क्रिया तथा प्रतिक्रिया करते हैं। तथापि मन पर पड़ने वाले शारीरिक प्रभाव की तुलना में शरीर पर मन का प्रभाव अधिक पड़ता है।

योग में शरीर और मन के इस पारस्परिक संबंध की व्याख्या एक मध्यस्थ शक्ति 'प्राण' द्वारा की गई है। प्राण को जीवन ऊर्जा भी कहा जाता है जो शरीर में फैली हुई नाड़ियों के माध्यम से उसे कार्य करने की ऊर्जा प्रदान करता है लेकिन इसे हम अपनी आंख द्वारा देख नहीं सकते।

प्राण शरीर से कुछ दूरी तक चमकता है और इसे शरीर के चारों ओर (aura) के रूप में आध्यात्मिक दृष्टि रखने वाले व्यक्ति द्वारा देखा जा सकता है। इसे कुछ भौतिक रीतियों द्वारा भी देखा जा सकता है। अब ऐसे सूक्ष्म यंत्र भी बन गये हैं जिनके द्वारा प्रत्येक व्यक्ति की 'प्रभा' को देखा जा सकता है। वास्तव में प्राण न तो पूरी तरह भौतिक है और न मन की भांति अभौतिक। इसे एक प्रकार से अर्ध भौतिक कहा जा सकता है।

प्राण एक ओर शरीर से संबंधित होता है तो दूसरी ओर मन से। शरीर के पूर्ण स्वास्थ्य के संतुलन की स्थिति में जरा सी भी विकृति से प्राण के प्रवाह में असंतुलन आ जाता है। इसका प्रभाव मन के संतुलन पर पड़ता है क्योंकि प्राण का संबंध मन से भी है। शरीर के संतुलन में कई कारणों से विकृति आ सकती है, जैसे दोषपूर्ण आहार, अत्यधिक कार्य करना, अत्यधिक आलस करना, भोग विलास में अधिक लीन रहना, जीवन जीने की गलत शैली, पर्यावरण दूषित होना, अधिक मात्रा में दवाइयां या नशा करना आदि।

इसी प्रकार दूसरी ओर मानसिक संतुलन में कोई बाधा पड़ने से प्राण के प्रवाह में असंतुलन आ जाता है जिसके फलस्वरूप शारीरिक स्वास्थ्य पर खराब असर पड़ता है क्योंकि प्राण शरीर से संबंधित है। मन के संतुलन में अनेक नकारात्मक कारणों और दुर्गुणों से बाधा पड़ सकती है, जैरो घृणा, द्वेष, क्रोध, लोभ, प्रतिशोध, अहंकार, स्वार्थ, सांसारिक वस्तुओं के प्रति मोह आदि।

चिकित्सा की शब्दावली में, इसी तथ्य की व्याख्या स्नायुतंत्र की दो प्रणालियों के मध्य संतुलन से की गई है। ये दो स्नायुतंत्र हैं स्वैच्छिक और संवेदना संबंधी स्नायुतंत्र। यदि शरीर और मस्तिष्क में असंतुलन आ जाये तो इन दोनों स्नायुतंत्रों के बीच भी संतुलन बिगड़ने लगता है।

तथापि आप आध्यात्मिक उन्नति की सीढ़ी पर जैस-जैसे ऊंचे उठते हैं, एक ऐसे स्तर पर पहुंच जाते हैं जहां आप अपने मन को शारीरिक कष्टों और दुखों से पूरी तरह प्रभावहीन बना सकते हैं। आप अपने मन पर इतना अधिकार प्राप्त कर लेते हैं कि उसे शरीर से अपनी इच्छानुसार अलग कर सकते हैं और इस प्रकार उससे प्रभावित नहीं होते। यही नहीं वरन् उस स्तर पर आपकी सहनशक्ति और मानसिक शक्ति इतनी बढ़ जाती है कि जिस पीड़ा से एक सामान्य व्यक्ति बुरी तरह व्याकुल हो जाता है उसे आप प्रसन्नतापूर्वक सहन कर सकते हैं।

मन के स्तर

मन के तीन स्तर हैं जो आपस में मिल कर उसे एकरूपता प्रदान करते हैं।

चेतन मन (Conscious Mind)

यह हमारे मन का वह भाग है जो विचार, तर्क, वस्तुओं में भेद, विश्लेषण करता और चिन्तन करता है। सभी प्रकार की भावनाएं जैस-पसंद, नापसंद, प्रेम, घृणा, जलन, क्रोध, प्रसन्नता, दुख आदि इसी मन द्वारा अनुभव किये जाते हैं। भविष्य में होने वाली हर प्रकार की घटनाओं की कल्पना और बीते समय के लिए चिन्ताएं आदि इसी मन द्वारा की जाती हैं।

चेतन मन बाहरी संसार से शरीर की ज्ञानेन्द्रियों द्वारा (दृश्यों, ध्वनियों, गंधों, स्पर्श और स्वाद) संपर्क रखता है। केवल चेतन मन द्वारा ही शरीर की स्वैच्छिक क्रियाएं संबंधित कर्मेन्द्रियों द्वारा की जाती हैं।

इसके अतिरिक्त चेतन मन उपचेतन मन (मन का दूसरा स्तर जिसके संबंध में बाद में वर्णन है) से भी संपर्क रखता है। हमारे उपचेतन मन की उत्तेजनाएं (impulses) और प्रेरणाएं चेतन मन को एक निश्चित रीति से व्यवहार करने और कुछ निश्चित प्रकार के कार्य करने के लिए प्रेरित करती हैं। इसके साथ ही दूसरी ओर चेतन मन पर समाज और बाह्य जगत का भी दबाव पड़ता है जो उससे एक पूर्व निश्चित रीति से व्यवहार करने या कार्य करने की आशा रखता है ताकि व्यक्ति की छवि बिगड़े नहीं। जब समाज की अपेक्षाओं और उपचेतन की प्रेरणाओं में विरोध होता है तो उससे एक संघर्ष उत्पन्न हो जाता है और इसके फलस्वरूप हमारा चेतन मस्तिष्क द्वंद्व और हलचल से ग्रस्त हो जाता है। यह द्वंद्व तथा हलचल एक सीमा से अधिक बढ़ने पर कई प्रकार की मानसिक (Psychosomatic) व्याधियों को जन्म देती हैं।

मन को नियंत्रण करने की विधि का केन्द्रीय विचार यह है कि चेतन मन के इस संघर्ष को मिटाया जाय। इसके लिए उपचेतन मन में जमे हुए सभी प्रकार के द्वेषों, भयों, संदेहों, पक्षपातों को उघाड़ा जाय और नकारात्मक भावनाओं (जैसे क्रोध, लोभ, द्वेष प्रतिशोध, घृणा आदि) को हटाया जाय।

अवचेतन मन या उपचेतन मन या अचेतन मन (Subconscious Mind)

यह मन का दूसरा स्तर है और जब हम अपनी अंतर्यात्रा में गहरे उतरते हैं तब इसका पता लगाया जाता है। उपचेतन मन हमारी स्मृतियों का भंडार है। हमने इस जन्म या पूर्व जन्म में जो कुछ देखा, सुना, विचारा, बोला और किया होता

है वह इसमें एक स्थायी लेखे-जोखे की तरह संग्रहीत रहता है। स्मृतियों के साथ ही विचारों के साथ जुड़ी भावनाएं भी हमारे उपचेतन मन में जमा रहती हैं। यह हमारे विचारों / शब्दों / कार्यों के साथ जुड़ा होने वाला भावनात्मक अंश है जो उपचेतन में जमा होने के बाद हममें उथल-पुथल मचाता है। यह भावनाएं नीचे स्तर से निरन्तर आंदोलित होकर हमारे चेतन मन को व्याकुल करती हैं। वे चेतन मन के नीचे रखे अग्नि पिंडों की तरह कार्य करती हैं। उपचेतन मन से उठने वाली प्रवृत्तियां और उत्तेजनाएं चेतन मन से निरन्तर अपनी संतुष्टि की मांग करती रहती हैं।

भावना रहित केवल शुद्ध स्मृति उपचेतन मन की शुद्धता पर प्रभाव नहीं डालती। ये तो भावनाएं हैं जो उपचेतन मन के जल को अशुद्ध बनाते और उसे आंदोलित करते हैं। इसी के परिणाम स्वरूप हमारा चेतन मन परेशान या उत्तेजित हो जाता है।

प्रत्येक घटना जिसमें हम भावना से भर कर प्रतिक्रिया करते हैं, वह भी हमारे उपचेतन मन पर अपनी छाप डालती है जिसे संस्कार कहा जाता है। इन संस्कारों के कारण ही हम सभी में भिन्न-भिन्न प्रवृत्तियां, इच्छाएं, आदतें द्वेष, फोबिया या दुर्भीति, भय आदि होते हैं। मन पर संयम करने के विज्ञान में उपचेतन मन से इन संस्कारों या अशुद्धियों को मिटा कर उसे शुद्ध या पवित्र किया जाता है। इस तथ्य को उदाहरण द्वारा समझने के लिए मान लीजिए कि आपको अपने घर के एक किरायेदार के साथ बहुत बुरा अनुभव हुआ था। आपका उसके साथ कई बार झगड़ा, गाली-गलौच और हल्ला-गुल्ला हुआ। बार-बार होने वाली इन घटनाओं से आप अपने मन में यह द्वेष विकसित कर सकते हैं कि अब आप अपने मकान को कभी किराये पर नहीं उठायेंगे क्योंकि सभी किरायेदार केवल उसी की तरह के होंगे। इसी प्रकार दूसरा व्यक्ति जिसके अपने किरायेदार के साथ बहुत अच्छे संबंध रहे थे, यह पक्षपातपूर्ण विचार विकसित कर सकता है कि मकान में किरायेदार रखना अच्छा होता है। इस भांति दोनों ही व्यक्ति अपने पक्षपातपूर्ण विचारों के कारण वास्तविकता को देखने में असमर्थ हैं। तथापि जीवन का सत्य यह है कि संसार में अच्छे और बुरे दोनों ही प्रकार के व्यक्ति हैं और केवल इसलिए कि कुछ आदमी बुरे हैं, सभी आदमी बुरे नहीं हो जाते। आपको भी किसी ऐसे स्थान में जहां आपका अपना मकान नहीं है, एक किरायेदार की तरह रहना पड़ सकता है। क्या आप उसी प्रकार व्यवहार करेंगे जैसा कि आपके किरायेदार ने किया था? निश्चित रूप से नहीं। आवश्यकता इस बात की है कि उपचेतन

मन को सारे द्वेषों या पक्षपात पूर्ण-विचारों और पुरानी धारणाओं से मुक्त किया जाय ताकि वह चीजों को पूरी तरह वस्तुगत रूप में, बिना भावनाओं का रंग मिलाये देख सके।

सामान्य रूप से उपचेतन मन तक सीधे नहीं पहुंचा जा सकता। उस तक पहुंचने का मार्ग चेतन मन से ही गुजरता है। लेकिन विज्ञान की एक शाखा जिसे सम्मोहन या हिप्नोटिज़्म कहते हैं विकसित हुई है जिसमें सम्मोहनकर्ता (हिप्नोटिस्ट) अपने पात्र (जिसे हिप्नोटाइज करना है) के चेतन मन को उचित तकनीक द्वारा अर्ध निद्रावस्था में लाकर उसके उपचेतन मन से सीधे संपर्क करता है।

इस सीधे संपर्क का लाभ यह होता है कि सम्मोहित व्यक्ति के उपचेतन मन में जमें फोबिया (दुर्भीति), भयों, अपराध ग्रंथियों के बारे में स्पष्ट जाना जा सकता है और फिर उन्हें दूर करने के लिए सुझाव दिये जा सकते हैं। इस प्रकार बहुत से ऐसे मनोवैज्ञानिक उपचार किये जा चुके हैं जिनमें रोग का मूल रोगी के उपचेतन मन में स्थित था। सम्मोहन या हिप्नोटिज़्म का उपयोग अब पीड़ा रहित शल्य क्रिया और शिशु जनन तक फैल चुका है, इनमें पीड़ा नाशक औषधियां देने के बजाय रोगी को सम्मोहित करके आवश्यक सुझाव दे दिये जाते हैं।

हमारी समस्त मानसिक और रहस्यमय शक्तियां उपचेतन मन के क्षेत्र से संबंध रखती हैं। टेलिपैथी (एक मन का दूसरे मन के मध्य संवादों का आदान-प्रदान), सुदूर दृष्टि (दूर स्थित वस्तुओं या व्यक्तियों को देखने की शक्ति), दूर श्रवण, सम्मोहन (हिप्नोसिस) आत्म सुझाव, मन में किसी स्थान या व्यक्ति को देखने की शक्ति आदि ये सभी उपचेतन मन के क्रीड़ा क्षेत्र हैं। जब हम किसी भी साधन से उपचेतन मन तक पहुंच जाते हैं, (जैसे ध्यान अथवा सम्मोहन द्वारा) तब इन शक्तियों तक हमारी भी पहुंच हो जाती है। विचारों को वास्तविकता में बदल देने की शक्ति भी उपचेतन मन में ही रहती है।

हमारे शरीर की स्वतः होने वाली क्रियाएं (जैसे सांस लेना, भोजन पचाना, रक्त परिभ्रमण, हृदय और प्रतिरक्षा की व्यवस्था) पूर्णतः उपचेतन मन के नियंत्रण में रहती हैं।

महाचेतन मन या सुपर चेतन मन (Superconscious Mind)

हमारा अपना वास्तविक रूप 'महाचेतन मन' है जो किसी भी प्रकार की अशुद्धता से मुक्त है और शांति एवं आनन्द से पूर्ण है। यदि हम एक क्षण के

लिए भी इसकी झलक पा सकें तो एक अवर्णनीय शांति से भर जायें। यह शांति और आनन्द के झरने का पान करने के समान है। हम इस स्थान पर जितनी ही देर रुकने के योग्य होते हैं, उतना ही अधिक हम आनन्द और शांति का अमृत प्राप्त कर सकते हैं। वास्तव में हम जिसे स्थायी शांति और मस्ती कहते हैं, वह इसी अपने वास्तविक रूप से संपर्क करने से प्राप्त होती है। सांसारिक स्वामित्व और इंद्रिय भोगों से जो भ्रमपूर्ण सुख हमें मिलता है, वह केवल बहुत अल्पकालीन और पीड़ा युक्त होता है।

अब, सबसे महत्वपूर्ण प्रश्न यह है कि अपने वास्तविक रूप या महाचेतन मन से किस प्रकार संपर्क में रहा जाये? उपचेतन मन, चेतन और महाचेतन मन के मध्य एक बाधा की भांति कार्य करता है, और चेतन मन को अंतर्मुखी होकर सीधे महाचेतन मन में देखने नहीं देता। इसको एक उपमा द्वारा समझा जा सकता है, - उपचेतन मन को जल से भरी झील की तरह, महाचेतन मन को उस झील के तल की भांति और चेतन मन को उस दृष्टा या देखने वाले की तरह समझिये, जो उस झील के ऊपर से तल को देख रहा है। जब तक झील का पानी गंदा रहेगा या उसमें उथल-पुथल रहेगी (अर्थात उपचेतन अशुद्धियों से भरा रहेगा) चेतन मन झील के तल को नहीं देख सकता। लेकिन जब झील का पानी शुद्ध और शांत होगा (अर्थात उपचेतन मन की सारी अशुद्धियां दूर हो जाएंगी), आप झील के तल (महाचेतन मन) को स्पष्ट रूप से देख सकेंगे।

अतः दूसरे शब्दों में आत्मसाक्षात्कार की तकनीक और कुछ नहीं केवल उपचेतन मन की अशुद्धियों को दूर करने और चेतन मन को शांत करके उसे अंतर्मुखी बनाने की प्रक्रिया है। जब चेतन मन को बाहर की ओर लगा दिया जाता है तो वह संसार के संपर्क में आता है और जब उसे अपने अंदर की ओर लगा दिया जाता है तो वह अपने वास्तविक रूप (या महाचेतन मन) की दिशा में मुड़ जाता है। यही वह क्रिया है जिसे ध्यान करते समय अपनाया जाता है अर्थात् चेतन मन की दिशा को अंतर्मुखी करके अपने वास्तविक रूप की ओर केंद्रित कर दिया जाता है।

आत्मा क्या है

आत्मा मन के इन सभी स्तरों का समन्वित रूप है। अतः मन आत्मा से भिन्न नहीं है। वास्तव में चेतना या आत्मा एक ही है। कुछ धर्मों और विश्वासों में, महाचेतन मन को आत्मा या आत्म रूप कहा गया है, जबकि चेतन मन को

मन। यह सब पारिभाषिक शब्दावली का विषय है। तथापि, हम चाहे कोई भी पारिभाषिक शब्दावली का उपयोग करें, यह स्पष्ट हो जाना चाहिए कि मन आत्मा का एक अभिन्न भाग है और वह आत्मा से अलग एक इकाई नहीं। आत्मा का मन या चेतना से अलग अस्तित्व होने पर कोई अर्थ नहीं क्योंकि चैतन्यता आत्मा का एक मूल गुण है जो कि मन की क्रियाओं द्वारा प्रकट होता है। एक सुप्रसिद्ध लेखक ने कहा है, "मैं विचार करता हूं इसलिए मैं हूं।" यदि आप विचार नहीं सकते, अनुभव नहीं कर सकते और अपने बारे में चैतन्य नहीं हो सकते (अर्थात आपके पास मन नहीं है), तब एक अलग आत्मा के अस्तित्व का क्या अर्थ रह जाता है। हम यह भी कह सकते हैं कि आत्मा हमारा वास्तविक 'आत्म' रूप या मूल पहचान है। शरीर आत्मा के स्वामित्व में है और हमारी वास्तविक पहचान नहीं है। यही कारण है कि हम ऐसे शब्दों का प्रयोग करते हैं -- मेरा शरीर, मेरा सिर, मेरा मस्तिष्क।

चेतना की विभिन्न अवस्थाएं

चेतना की जाग्रत अवस्था

ऐसी विभिन्न अवस्थाएं हैं जिनमें आपका मन या चेतना अपने को प्रकट कर सकती है। जब आप अपने चारों ओर के संसार के प्रति पूरी तरह जाग्रत होते हैं और चीजों के बारे में विचार करते, विश्लेषण करते, तर्क करते और अनुभव करते हैं तब कहा जाता है कि आप चेतना की जाग्रत अवस्था में हैं। इस अवस्था में आपका चेतन मन पूरी तरह सक्रिय और सावधान होता है।

चेतना की बदली हुई अवस्थाएं

चेतना की अन्य दूसरी अवस्थाएं भी हैं जिनमें आपका चेतन मन निद्रा/मन अर्धनिद्रा या उनींदी अवस्था में चला जाता है और आपका उपचेतन या अचेतन मन सक्रिय हो जाता है। कुछ अवस्थाओं में आपका उपचेतन मन भी शांत हो जाता है ये सभी चेतना की बदली हुई अवस्थाएं कही जाती हैं। इनमें से कुछ का वर्णन निम्नलिखित है :-

स्वप्नावस्था: इसमें आपका चेतन मन सो जाता है और उपचेतन मन क्रियाशील रहता है।

गहन निद्रा-अवस्था: इसमें आपके चेतन व उपचेतन मन दोनों ही विश्राम करते हैं।

सम्मोहन अवस्था: इस अवस्था में सम्मोहनकर्ता अपने सुझावों को बार-बार दोहरा कर आपके चेतन मन को एक विशेष तकनीक से उनींदी/अर्धनिद्रा अवस्था में ले जाता है और फिर वह आपके उपचेतन मन पर नियंत्रण कर लेता है तथा उससे अतीत की अनेक महत्वपूर्ण सूचनाएं प्राप्त कर लेता है। इसके पश्चात वह नये सुझावों को उपचेतन मन में बैठा कर आपके व्यवहार में सुधार करता है।

आत्मसम्मोहन: आत्मसम्मोहन में किसी बाह्य सम्मोहक के स्थान पर आप स्वयं अपने उपचेतन मन के संचालक होते हैं। इस प्रक्रिया में (विभिन्न तकनीकों के द्वारा) चेतन मन को शांत करके आप अपने उपचेतन मन तक पहुंचते हैं और अपने व्यवहार की विभिन्न कमियों को दूर करने के लिए उपचेतन मन को उपयोगी सुझाव देते हैं। इस प्रक्रिया में आप, (ऊपर वर्णित चेतना की अवस्थाओं के विपरीत जिनमें आप अपनी चेतना खो देते हैं।) अपने प्रति पूरी तरह जागरूक रहते हैं।

ध्यान: ध्यान में भी पहले आप चेतन मन को शांत करते हैं उसके बाद उपचेतन मन को, और अंततः पूरी जागरूकता के साथ महाचेतन अवस्था में पहुंचते हैं। यहां ध्यान देने की बात यह है कि गहन निद्रा की अवस्था में भी आपके चेतन और उपचेतन मन शांत होते हैं लेकिन आप में जागरूकता नहीं होती, अतः आप महाचेतन अवस्था में जाने की बजाए अचेतन अवस्था में चले जाते हैं।

आप विभिन्न दवाओं का उपयोग करके भी अपनी चेतना की अवस्था में परिवर्तन कर सकते हैं। ये दवायें आपके मस्तिष्क के उस भाग पर प्रभाव डालती हैं जो जागरण, निद्रा आदि से संबंधित हैं।

परन्तु यह बात ध्यान रखने की है कि एक बार जब हम मन को नियंत्रित करने की दिशा में आगे बढ़ते हैं, हमें समान्यतः चेतना की उन अवस्थाओं को प्राप्त करने का प्रयत्न करना चाहिए जहां हम अपने प्रति सजग रहते हैं अथवा दूसरे शब्दों में हम अपने ऊपर पूर्ण नियंत्रण रखते हैं। इससे हमें अपने मन को शक्तिशाली बनाने में सहायता मिलती है। लेकिन उन स्थितियों में जहां हम निष्क्रिय हो जाते हैं और अपना नियंत्रण दूसरों को सौंप देते हैं, हम अपना मन शक्तिशाली नहीं बनाते बल्कि इससे हम अपने मन को कमजोर करते हैं और उसे दूसरों से प्रभावित हो जाने वाला बना देते हैं।

मन की अवस्थाएं और मस्तिष्क तरंगें

वैज्ञानिकों ने यह खोज लिया है कि मस्तिष्क विभिन्न आवृत्तियों (Frequenceis) की विद्युत तरंगें मन की विभिन्न अवस्थाओं में निकालता है। यह आवृत्तियां ई.ई.जी. (Electroencephalograms) उपकरण से नापी जा सकती हैं।

उदाहरण के लिए जब हम जाग्रत होते हैं और सांसारिक कार्यों में व्यस्त होते हैं मस्तिष्क की 14 HZ से 21 HZ आवृत्ति वाली तरंगें होती हैं। इन्हें बीटा तरंगें (Beta Waves) कहते हैं। जब हम शांत होते हैं तो मस्तिष्क तरंगों की आवृत्ति 8 से 13 HZ तक की होती है। इन्हें अल्फा तरंगें (Alpha waves) कहते हैं। जब हम स्वप्न देखते होते हैं, मस्तिष्क तरंगों की आवृत्ति 4 से 7 HZ होती है और इन्हें थीटा तरंगें (Theta Waves) कहते हैं।

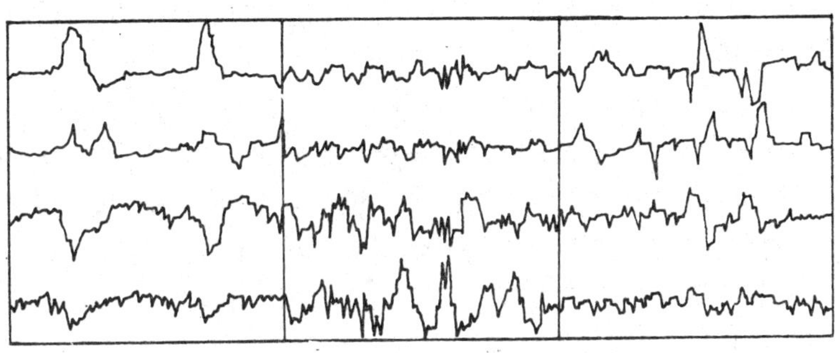

ध्यान की अवधि में लिया गया ई. ई. जी का एक नमूना

जब हम गहरी निद्रा में होते हैं, हमारे मस्तिष्क तरंगों की आवृत्ति 0 से 3 HZ तक की होती है। इन्हें डेल्टा तरंगें (Delta Waves) कहते हैं।

रोचक बात यह है कि जब हम ध्यान लगाते हैं तो जितने ही गहरे ध्यान में जाते हैं मस्तिष्क तरंगों की आवृत्ति कम होती चली जाती है, जैसा कि ऊपर वर्णन किया गया है। यद्यपि हम ध्यान में पूर्ण चैतन्य रहते हैं तथापि हम गहरे ध्यान में डेल्टा स्तर पर उतर जाते हैं। मध्यम ध्यान की अवधि में अल्फा अवस्था में रहते हैं। अत: ध्यान की अवधि में उपरोक्त उपकरण द्वारा मस्तिष्क तरंगों की आवृत्ति का निरीक्षण कर यह पता लगाया जा सकता है कि ध्यान लगाने वाला व्यक्ति ध्यान की कितनी गहराई में पहुंच चुका है। और इसके बाद ध्यान की गुणात्मकता का विकास करने के लिए उचित उपाय किए जा सकते हैं जिससे मानसिक स्वास्थ्य में सुधार हो सके।

मन पर नियंत्रण और उसकी विधियां

अलंकारिक भाषा में यह कहा जाता है कि आप हवा का चलना रोक सकते हैं, नदी का बहना रोक सकते हैं पर आप अपने मन का नियंत्रण नहीं (जो सबसे अधिक लाभ देने वाला है)। लेकिन सतत अभ्यास और उचित साधना द्वारा इसमें सफलता प्राप्त की जा सकती है।

कुछ लोग नये साधकों को मन को वश में करने के लिए ऊंचे स्तर की ध्यान प्रक्रियाओं को अपनाने की सलाह देते हैं, लेकिन जिन लोगों का मन बहुत अधिक चंचल और व्याकुल होता है उन्हें ध्यान की ये सीधी प्रक्रियाएं बहुत कठिन लगती हैं क्योंकि वे अपने मन को एक क्षण के लिए भी शांत रखने की सामर्थ्य नहीं रखते हैं। इसका परिणाम यह होता है कि ध्यान का अभ्यास करते समय वे और अधिक बेचैनी अनुभव करते हैं, और जितनी जल्दी संभव हो सकता है उतनी जल्दी ध्यान से उठ जाना चाहते हैं।

यही कारण है कि ऐसे व्यक्तियों को चाहिए कि वे उन शारीरिक विधियों को अपनाते हुए मन को नियंत्रित करने का प्रयत्न करें जिनमें विचारों की प्रक्रिया को पूरी तरह बंद करने की आवश्यकता नहीं पड़ती और केवल साधारण एकाग्रता लानी होती है; इसके बाद वे मन को नियंत्रित करने की अन्य कठिन विधियों को अपना सकते हैं। इन सभी विधियों का वर्णन आगे किया गया है।

शारीरिक विधियां

यह विधियां इस सिद्धांत पर आधारित हैं कि तन और मन दोनों परस्पर घनिष्ठ रूप से जुड़े हुए हैं और एक बार आप अपने शरीर को नियंत्रित कर लें तो मन भी नियंत्रण में आ जाता है।

योगासन और व्यायाम: योगासनों और शरीर को तानने वाले विभिन्न व्यायामों को करिये! शरीर की विभिन्न मांसपेशियों को तानने से उनमें भरा तनाव दूर हो जाता है और प्राण का प्रवाह स्वतंत्र रूप से होने लगता है जिससे मन पर नियंत्रण आता है और शांति मिलती है। जब मांसपेशियां सिकुड़ी हुई और तनाव ग्रस्त होती हैं, प्राण का प्रवाह स्वतंत्र रूप से नहीं हो पाता और इसका मन के संतुलन पर बुरा प्रभाव पड़ता है क्योंकि मन तथा प्राण एक दूसरे से घनिष्ठ रूप में जुड़े हुए हैं इसी भांति एयरोबिक व्यायाम जिनमें तीव्रता से

अंगों का संचालन किया जाता है, शरीर में इधर-उधर जमे हुए तनाव अंशों को दूर करती हैं इससे हमारा मन बेहतर रीति से कार्य करने लगता है।

योगासन

प्राणायाम (श्वास-प्रश्वास का व्यायाम): मन और सांस का परस्पर आंतरिक रूप से संबंध है। जब मन अशांत या अव्यवस्थित होता है तो सांस भी अनियमित, बेताल झटकेदार आवाज करने वाली, उथली और वक्ष के ऊपरी भाग तक ही सीमित रह जाती है। जब मन शांत होता है, सांस धीमी, गहरी और लयबद्ध हो जाती है तथा शरीर के मध्यभाग तक प्रभाव डालती है। मन और सांस का संबंध इसके विलोम या उलटा भी है अर्थात हम अपनी श्वास-प्रश्वास को एक शिथिल मन के अनुसार बना कर, अपने मन को शांत कर सकते हैं।

विभिन्न प्राणायामों और कुम्भक द्वारा प्राणशक्ति शक्तिशाली रूप से बढ़ जाती है जिसके फलस्वरूप मन की शक्ति और उसके संयम में महान वृद्धि होती है। मानसिक संतुलन और स्नायु मंडल के लिए नाड़ी शोधन प्राणायाम विशेष रूप से प्रभावपूर्ण होता है। सांस लेने की विभिन्न तकनीकों को जानने के लिए पाठकों को चाहिए कि वे इस विषय पर किसी अच्छी पुस्तक को पढ़ें।

दाहिने अंगूठे से दाहिने नथुने को बंद करिए, बायें नथुने से आठ तक गिनते हुए श्वास खींचिए। इसके बाद तर्जनी उंगली से बायां नथुना बंद करके आठ गिनती तक सांस रोकिए।

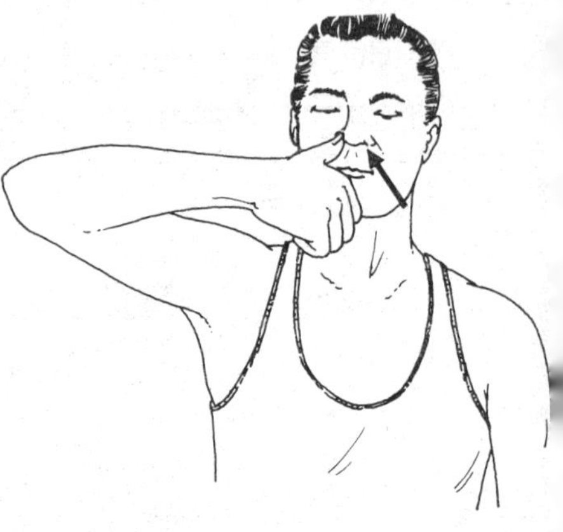

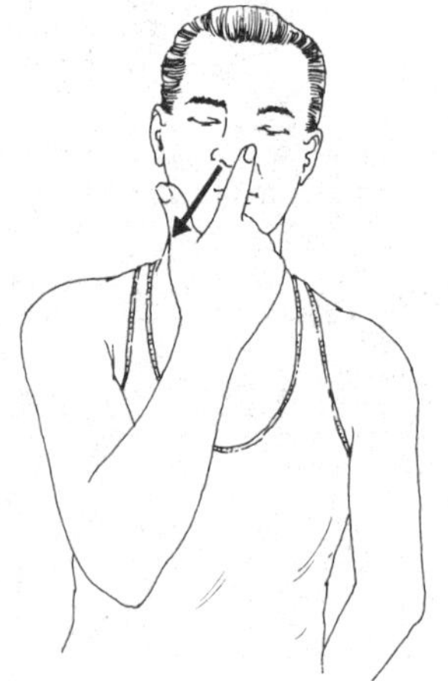

दाहिने नथुने से अपना अंगूठा हटा लीजिए और आठ तक मन में गिनते हुए सांस बाहर निकालिए, तर्जनी उंगली से बायां नथुना बंद रखिए इसके बाद दाहिने नथुने से सांस लेना शुरू करिए और क्रम को फिर बदलिए। इसी प्रकार दोनों नथुनों से पांच-पांच बार क्रमशः सांस लेकर रोकिए।

नाड़ी शोधन प्राणायाम

शुद्धि क्रियाएं: यह क्रियाएं भी योग का एक अंग हैं। इनके अन्तर्गत नेति (जल नेति, सूत्र नेति), कुंजल, त्राटक, कपाल-भाति, वस्ति और धौति आती हैं। यह सभी विशेष रूप से शरीर के अंगों की अशुद्धियों को दूर करने के लिए बनाई गयी हैं। शरीर की अशुद्धियां दूर होने के बाद प्राण स्वतंत्रतापूर्वक गति करने लगता है और मन शांत तथा संतुलित हो जाता है क्योंकि उसका प्राण के साथ आंतरिक संबंध है। पाठकों

जल नेति

को सलाह दी जाती है कि वे योग के संबंध में विस्तृत जानकारी प्राप्त करने के लिये किसी प्रतिष्ठित लेखक की पुस्तक का अध्ययन करें।

आसनः ध्यान लगाने के लिए मन को शांत करने के विशेष उद्देश्य से योग में विभिन्न आसनों का वर्णन किया गया है। ये आसन इस प्रकार हैं कि एक बार इनको सिद्ध करने के बाद आप उनमें बिना किसी प्रयत्न के लंबे समय तक

सुखासन *बज्रासन*

बैठे रह सकते हैं। इन आसनों में आपकी रीढ़ की हड्डी सीधी और सही रूप में रहती है। ऐसे कुछ आसनों के नाम हैं–पदमासन, सिद्धासन, स्वास्तिकासन, बज्रासन, सुखासन आदि।

इन आसनों में एक बार कुछ समय तक स्थिर बैठने के बाद मन एकाग्र और नियंत्रित हो जाता है। ऐसा क्यों होता है? क्योंकि प्रथमतः शरीर के स्थिर होने पर मन भी शरीर के साथ आंतरिक संबंध होने के कारण स्थिर हो जाता है। दूसरे, रीढ़ की हड्डी (मेरुदण्ड) के सीधे दण्डवत होने से प्राण को ऊपर उठने की प्रेरणा मिलती है अन्यथा अन्य गतिविधियों के समय शरीर स्थित प्राण की गति अधोमुखी (नीचे की ओर) होती है।

जब प्राण मेरुदण्ड में ऊपर की ओर गति करता है, मन केवल स्थिर और शांत ही नहीं हो जाता वरन् चेतना का एक उच्च स्तर प्राप्त कर लेता है तथा उसका संयम एवं शक्ति अत्यधिक बढ़ जाती है।

आहारः आहार या भोजन का मन पर बहुत प्रभाव पड़ता है। योग में

तीन प्रकार के भोजन का वर्णन किया गया है– सात्विक, राजसिक तथा तामसिक।

सात्विक भोजन करने से शरीर में प्राण का प्रवाह उचित रूप में होता है और मन भी शांत, सकारात्मक और नियंत्रण में रहता है। ऐसे भोजन के उदाहरण हैं– फल, सब्जियां, दूध, शहद, नींबू, सूखे मेवे आदि।

सात्विक भोजन

राजसिक भोजन वह है जो मन को उत्तेजित करता है और उसे चंचल बनाता है, उदाहरण के लिए चाय, काफी, तंबाकू, सिगरेट, कोला पेय, चीनी, नमक, मिर्च, खटाई, मसाला, अचार, तली हुई चीजें आदि।

तामसिक भोजन में वे चीजें आती हैं जिनका उपयोग करने से मन सुस्त और मंद पड़ जाता है जैसे मांस, वसा-भोजन, प्याज, शराब (अलकोहल) तेल-घी युक्त पदार्थ आदि।

भोजन की किस्म के अतिरिक्त भोजन की मात्रा, उसका समय, साथ-साथ खाई जाने वाली वस्तुएं और उन्हें हम कितने तापक्रम पर खाते हैं आदि बातें भी महत्वपूर्ण हैं। उदाहरणार्थ अधिक गर्म या अधिक ठंडा भोजन शरीर के लिए अच्छा नहीं होता।

व्रत: दो कारणों से व्रत रखने से भी मन पर नियंत्रण रखने में सहायता मिलती है। पहला, व्रत की अवधि में शरीर अपनी अशुद्धियों को मिटा देता है जिससे प्राण को संतुलित रूप से बहने में सहायता मिलती है। दूसरे, व्यक्ति को भोजन के लोभ से बचने के लिए अपनी इच्छा शक्ति का उपयोग करना पड़ता है। इसके परिणामस्वरूप मानसिक नियंत्रण तथा शक्ति का विकास होता है।

ब्रह्मचर्य: यह मानसिक संयम या नियंत्रण की कुंजी है। वह व्यक्ति जो अत्यधिक मात्रा में अपना वीर्य अथवा शक्तिदायी ऊर्जा नष्ट करता है, अपने मन को नियंत्रित नहीं कर सकता। ऐसा इसलिए है क्योंकि शक्तिदायी ऊर्जा का संरक्षण मानसिक नियंत्रण से बहुत अधिक संबंधित है। इसका यह अर्थ नहीं कि आप विवाह न करें अथवा विपरीत लिंगी लोगों से घृणा करने लगें। इसका केवल इतना अर्थ है कि आप अपनी सैक्स कामनाओं की बागडोर अपने हाथ में रखें और अनियंत्रित कामवासना को मजबूती से वश में रखें। उसे पशुओं की भांति अत्यधिक और अनियंत्रित नहीं होना चाहिए। दूसरे शब्दों में, आपको अपनी काम वासना का दास नहीं बनना चाहिए वरन एक मालिक की तरह उस पर नियंत्रण रखना चाहिए। जब शक्तिशाली ऊर्जा सुरक्षित रखी जाती है, यह ऊर्ध्वगामी होने लगती है जिससे मन में ज्ञान का नया प्रकाश उत्पन्न होता है। इस शक्तिशाली ऊर्जा का उपयोग अन्य उपयोगी रचनात्मक कार्यों में भी किया जा सकता है। कामवासना की अधिकता से यह ऊर्जा अधोगामी हो जाती है जिससे वह व्यर्थ में नष्ट हो जाती है। इस शक्तिशाली ऊर्जा या प्राण का नीचे की ओर गति करना मानव की पाशिवक प्रकृति से संबंधित है। तथापि यह तथ्य भी समझ लेना आवश्यक है कि काम वासना का नियंत्रण करने का अर्थ उसे दबाना नहीं है। इसका आशय केवल उस इच्छा का रूपांतरित करने से है। कामना को दबाने या दमन करने से मन में मनोवैज्ञानिक विकार उत्पन्न हो सकते हैं। अत: इसका नियंत्रण प्राकृतिक रूप से और स्वत: होना चाहिए।

ओम् और गुंजन ध्वनि: ये ध्वनियां एक अशांत और चंचल मन को नियंत्रित तथा शांत करने के लिए बहुत प्रभावपूर्ण पाई गयी हैं क्योंकि इनके द्वारा अत्यंत शक्तिशाली गूंज उत्पन्न होती है जो मन पर शांतिपूर्ण प्रभाव डालती है।

ओम् की ध्वनि निकालने के लिए गहरी सांस लीजिए और 'ओ' की ध्वनि निकालने के लिए मुंह से धीरे-धीरे सांस निकालिए। इस ध्वनि को आप जितनी लंबी और ऊंची कर सकें उतनी करिए। अंत में 'म' की ध्वनि निकालने के लिए होठों को बंद कर लीजिए। 'गुंजन' की ध्वनि का अभ्यास करने के लिए नाक के दोनों नथुनों से गहरी सांस खींचिए और फिर नाक से ही धीरे-धीरे सांस निकालिए। सांस निकालते हुए होठों को बंद कर गले से भ्रमर या भौंरे जैसी आवाज (भौंरे द्वारा उड़ते समय होने वाली आवाज़) निकालिए।

त्राटक: मन की एकाग्रता और शक्ति में वृद्धि करने के लिए त्राटक एक बहुत प्रभावशाली योग-क्रिया है। इसमें किसी एक निश्चित वस्तु पर अपनी आंखों से उस समय तक टकटकी बांध कर देखते रहना होता है जब तक कि आंखों से आंसू न बहने लगे। आंखों से टकटकी बांध कर एकाग्रता के साथ देखने के लिए दीपक या मोमबत्ती की लौ, दीवार पर बना गोल बिंदु, फूल, देवी-देवता

मोमबत्ती की लौ पर त्राटक

का चित्र या अन्य कोई भी ऐसी वस्तु हो सकती है जिस पर सरलता से दृष्टि केन्द्रित की जा सके। आप भूमि पर या कुर्सी पर बैठ सकते हैं लेकिन मेरुदण्ड, ग्रीवा (गरदन) और सिर सीधे रहने चाहिए और बेहतर हो वस्तु तीन फिट की दूरी पर हो। त्राटक आंखों के विकारों और अशुद्धियों को दूर करने के लिए भी उपयोगी है।

मौन: मौन या चुप रहना मानसिक शक्ति बढ़ाने का एक प्रभावशाली उपाय है। गप्प मारने, तर्क-वितर्क करने, बेकार की बातचीत करने और बहस करने

में काफी शक्ति नष्ट हो जाती है। मौन रहने से हम अपनी शक्ति को सुरक्षित रखते हैं। लेकिन वास्तविक जीवन में सदा चुप रहना संभव नहीं है। अतः हमें दिन में एक ऐसा समय निश्चित करना चाहिए कि जब हम पूरी तरह मौन रखें। इस अवधि में हम लिख-पढ़ सकते हैं और पृष्ठभूमि से आते किसी सुखद संगीत को सुन सकते हैं।

पर्यावरण की परिस्थितियां: उपर्युक्त बातों के अतिक्ति आपको यह भी सुनिश्चित करना चाहिए कि चारों ओर का पर्यावरण अच्छा मानसिक स्वास्थ्य बनाने में सहायक हो। उदाहरण के लिए शोर का स्तर, जलवायु की दशाएं(तापक्रम, नमी, वायु का आवागमन, सूर्य का प्रकाश), रंग और आस-पास की स्वच्छता का प्रभाव आपके मानसिक स्वास्थ्य पर पड़ता है। पर्यावरण की नकारात्मक परिस्थितियां कभी-कभी व्यक्ति द्वारा मानसिक नियंत्रण पाने की दिशा में किए जाने वाले प्रयत्नों को विफल कर देती हैं।

मानसिक विधियां

इन विधियों के अन्तर्गत व्यक्तित्व के कुछ पक्षों में परिवर्तन करने के लिए इच्छा शक्ति का उपयोग किया जाता है।

एकाग्रता: जिस प्रकार शारीरिक व्यायाम से शरीर की शक्ति में वृद्धि होती है उसी प्रकार एकाग्रता का अभ्यास करने से मन की शक्ति में सुधार होता है। शक्तिशाली मन जीवन की कठिनाइयों या रुकावटों द्वारा सरलता से प्रभावित या व्याकुल नहीं होता। एकाग्रता का विकास करने के लिए हमें चाहिए कि हम जिस कार्य में भी लगे हों और वह चाहे कितना ही मामूली हो, हमें उसमें पूरी तरह मग्न होने का प्रयत्न करना चाहिए। उस समय हमें केवल उस कार्य (और उससे संबंधित चीजों को छोड़ कर) को छोड़ कर, सारा संसार हमारे लिए मृत होना चाहिए। उदाहरण के लिए चाहे हम कोई फल खा रहे हों, तो हमारा सारा ध्यान उस पर केन्द्रित होना चाहिए और उसके हरेक टुकड़े का पूरा स्वाद लेना चाहिए। यदि हम स्नान कर रहे हैं तो अपना पूरा ध्यान उसमें रखते हुए उसकी क्रियाओं से अधिकतम लाभ प्राप्त करने के लिए उसमें पूरा आनन्द लेना चाहिए। इसी भांति जब हम पुस्तक पढ़ रहे हों तो अन्य सभी चीजों से ध्यान हटा कर उसी में मग्न रहना चाहिए। मन पर वास्तविक नियंत्रण का विकास करने के लिए व्यक्ति को अरुचिकर चीजों में भी ध्यान लगाना सीखना चाहिए। दूसरे शब्दों में कहें तो एकाग्रता का अर्थ वर्तमान क्षण में रहने की विधि को सीखना है जो कि एक सफल और सुखी जीवन का एक

आवश्यक गुण है। आमतौर पर यह देखा गया है कि लोग या तो अतीत की स्मृतियों में खोये रहते हैं अथवा भविष्य की संभावनाओं में और इस प्रकार पूरी तरह वर्तमान में नहीं रहते। इससे उनकी एकाग्रता की शक्ति कमजोर हो जाती है।

अनासक्त भाव और भूलने की क्षमता: एकाग्रता के साथ ही हमें किसी भी वस्तु या कार्य से एक क्षण में अपने को विरक्त करने की योग्यता का विकास करना चाहिए। कुछ लोग किसी एक कार्य में अपने मन को केन्द्रित कर सकते हैं और उसमें मग्न हो सकते हैं लेकिन उन्हें दूसरा कार्य करते समय पहले वाले कार्य को पूरी तरह भूलने में कठिनाई अनुभव होती है। उन्हें ऐसा करने में कुछ समय लगता है। इससे केवल यह प्रकट होता है कि हम विभिन्न चीजों के साथ अनुचित रूप से जुड़ जाते हैं; ऐसा नहीं होना चाहिए।

इस तथ्य पर कृपया ध्यान दीजिए कि यह संसार एक विशाल प्रशिक्षण शाला या ट्रेनिंग स्कूल है। संसार की विभिन्न वस्तुओं और घटनाओं का महत्व हमें अपना विकास करने के लिए आवश्यक शिक्षा तथा प्रशिक्षण देना है। वे अपने आप में वैसे महत्वपूर्ण नहीं हैं अत: हमें उनका उपयोग शिक्षा ग्रहण करने और अपना विकास करने के लिए करना चाहिए लेकिन उनसे जुड़ना नहीं चाहिए। एकाग्रता और अनासक्ति का अभ्यास साथ-साथ करना चाहिए। स्वामी विवेकानन्द ने भी इसी बात पर बल दिया था। जीवन में सफलता पाने के लिए अवांछित भविष्य को भूल जाने और उससे अनासक्त हो जाने के गुण का बहुत

महत्व है। यह ठीक ही कहा गया है "यद्यपि स्मरण रखना कभी कभी उपयोगी है परन्तु भूल जाने में प्राय: ही बुद्धिमानी होती है।"

इस बात का ध्यान रखना चाहिए कि यदि सही रूप में कहा जाए तो कुछ भी विस्मृत नहीं होता, हर बात हमारे अवचेतन में जमा होती रहती है। यहां 'भूलने' से हमारा आशय यह है कि हमें जानबूझ कर उस बात को अपने चेतन मन में बार-बार नहीं लाना चाहिए।

योजनाबद्ध विचार: इसको सुनिश्चित करना चाहिए कि विभिन्न स्तरों पर हमारे विचार नियोजित और व्यवस्थित हों, अनिश्चित और अव्यवस्थित नहीं। योजना रहित और अव्यवस्थित रूप से विचार करना एक कमजोर मन के लक्षण हैं। इससे यह संकेत मिलता है कि उपचेतन मन को नियंत्रित करने के बजाय व्यक्ति स्वयं ही उससे नियंत्रित हो रहा है। चेतन मन को पूरी तरह सक्रिय और पूर्णत: सजग रहना चाहिए तथा उसे अपने सेवक (उपचेतन मन) को नियंत्रित रखते हुए अपने स्वामी होने के स्तर को बनाये रखाना चाहिए। निष्क्रिय और सुस्त रह कर दिवास्वप्न देखने से, उपचेतन मन का चेतन मन पर प्रभाव पड़ता है। इसलिए व्यक्ति को यह सुनिश्चित करना आवश्यक है कि मन में वही विचार रखें जोकि वास्तव में उस क्षण जरूरी हैं। एक सर्वेक्षण में यह देखा गया कि व्यक्ति के जीवन का काफी भाग व्यर्थ के विचार करने में नष्ट हो जाता है। इस समय का सदुपयोग सरलता से सद्कार्यों में किया जा सकता है।

सकारात्मक चिन्तन और मानसिक दृष्टिकोण का परिवर्तन: हम अपने जीवन के सबसे महत्वपूर्ण पक्ष पर सबसे कम ध्यान देते हैं और यह पक्ष है कि हम किस प्रकार के विचार करते हैं। हमारे व्यक्तित्व तथा चरित्र निर्माण में एक मात्र सबसे बड़ा कारक है। व्यक्ति को चाहिए कि वह प्रत्येक वस्तु या घटना के संबंध में विधायक दृष्टिकोण रखने की आदत का विकास करे। यहां तक कि सबसे अधिक दुखद या परेशानी भरी स्थितियों को भी इसी भांति देखना चाहिए। नकारात्मक विचार करने से मन कमजोर होता है। ऐसे विचार मन को व्याकुल अपवित्र और उथल-पुथल भरा बनाते हैं। प्रत्येक नकारात्मक स्थिति को अपने मानसिक दृष्टिकोण में परिस्थितियों के अनुसार सुधार करके विधायक रूप में बदल देना चाहिए। यह कैसे किया जाए इसको उदाहरण रूप में समझने के लिए मान लीजिए कि कोई व्यक्ति आपको गाली देता है या गुस्से में कोई व्यंग्य मारता है तो बजाय उसका बुरा मानने के यह विचार करिये कि उसकी मनोदशा या मूड खराब हो गया है

अथवा वह अभी तक समझदार नहीं बना है और इसीलिए वह ऐसा व्यवहार कर रहा है। लेकिन उसके विरुद्ध कोई द्वेष मत पालिये। यही विधायक दृष्टिकोण है।

सकारात्मक या विधायक विचार करने से आप अनुकूल भौतिक दशायें और परिस्थितियों को भी आकर्षित करेंगे। अतींद्रिय जगत के नियमों के अनुसार आप अपनी ओर अपने विचारों के अनुकूल ही भौतिक दशाओं और परिस्थितियों को आकर्षित करते हैं। उदाहरण के लिए, मान लीजिए आप किसी विशेष बीमारी से बचने के लिए बार-बार विचार करते हैं आप पाएंगे कि उस बीमारी के लक्षण आप में प्रकट होना शुरू हो गये हैं। विचारों में ऐसी शक्ति है। यह ठोस पत्थर की तरह यथार्थ है। विधायक मन का बने रहने से आप अपने चारों ओर विधायक स्पंदनों की आभा का सृजन कर लेते हैं, जिससे आपको ही नहीं बल्कि जो भी आपके संपर्क में आता है उसे भी लाभ पहुंचता है। यह आभा (Aura) दूसरों के नकारात्मक व हानिकारक भावों से आपकी रक्षा करेगी।

आत्म संयम और धैर्य: अपने दिन-प्रतिदिन के जीवन में मन के आवेगों से प्रभावित मत होइए। यह एक कमजोर मन का चिन्ह है। अपने मन पर कुछ अवरोध नियंत्रण रखिए और उसके गुलाम मत बनिए। अपने मन के स्वामी बनिए। कोई भी भावावेग और उत्तेजना अपने मन में आने पर (यह आपके उपचेतन मन से आते हैं, जहां आपकी प्रवृत्तियां, इच्छाएं, वासनाएं, सुषुप्त अवस्था में पड़ी रहती हैं) उस पर तत्काल कार्य मत करिये। पहले उसको भली प्रकार जांचिए और फिर उसे कुछ समय तक रोके रखिए या पूरी तरह उपेक्षा कर दीजिए। इस भांति अपने धैर्य का अभ्यास करने से आपकी इच्छा शक्ति और बल धीरे-धीरे बढ़ने लगेगा।

उदाहरण के लिये मान लीजिए कि आपके मन में अचानक यह विचार आता है कि आपको गोलगप्पा या चाट खाना चाहिए। आपके सामने दो विकल्प हैं - एक, आप तत्काल जायें और अपनी वासना को संतुष्ट कर लें, दूसरा, आप अपने मन पर नियंत्रण करें और इस बात की परीक्षा करें कि एकदम पांच मील जाना कहां तक युक्तिसंगत होगा। दूसरा विकल्प अपना कर आप अपनी इच्छा शक्ति को बढ़ाते हैं। आपको प्रत्येक स्थान पर इस प्रकार के संयम का उपयोग करना चाहिए और सांसारिक विषयों तथा इंद्रिय सुखों को पाने के लिए जल्दबाजी, परेशानी और निराशा से बचना चाहिए इसी प्रकार आपको अपने बारे में लोगों के व्यंग्यों, अपमानों और आलोचना के

सामने सहनशीलता और धैर्य से काम लेना चाहिए बजाय इसके कि आप एकदम से प्रतिक्रिया करने लगें। इससे भी आपके मन की शक्ति में वृद्धि होती है।

आध्यात्मिक विधियां

ध्यान (राजयोग): ध्यान मन को नियंत्रित करने की एक महत्वपूर्ण कुंजी है। ध्यान में आप अपने मन को बाहरी जगत की ओर से बंद कर उसको अपने अंदर की ओर केन्द्रित करते हैं। यह एकाग्रता की कुछ विशेष विधियों द्वारा

ध्यान

किया जाता है जिसमें आप अपने मन को एक वस्तु या बिन्दु पर केन्द्रित करते हैं। यह प्रक्रिया मन को शांत करती तथा अंतर्मुखी बनाती है। मन की इस स्थिति में, उपचेतन इच्छाएं, अशुद्धियां और भावनाएं सक्रिय हो कर चेतन मन की सतह पर उठ कर आने लगती हैं। आप उन्हें एक दर्शक की तरह साक्षी भाव से देखते हैं और वे आपकी चेतना से मुक्त हो जाती हैं। धीरे-धीरे आपका उपचेतन मन समस्त अशुद्धियों, भावनाओं, इच्छाओं, दुर्भीतियों (फोबिया), वासनाओं, भयों आदि से मुक्त होकर एक स्फटिक की तरह पारदर्शी हो जाता है। इस स्थिति में आप अपने वास्तविक रूप (महाचेतन मन) को स्पष्ट रूप से देख सकते हैं और जितनी इच्छा हो उतना शांति, शक्ति तथा आनन्द का अमृतपान कर सकते हैं। इस स्तर पर पहुंचने के पश्चात आप

आत्म अनुभूति से युक्त होते हैं और आपको मन पर पूर्ण अधिकार प्राप्त होता है। तब कोई भी बाहरी दशा या परिस्थिति आपके मन के संतुलन को बिगाड़ नहीं सकती। आप संसार की तुच्छ वस्तुओं से बहुत ऊपर उठ जाते हैं। आप संसार के कीचड़ में खिले हुए कमल की तरह होते हैं।

परमात्मा को सदा स्मरण रखना (भक्तियोग): जब भी कभी आप परमात्मा का स्मरण करते हैं, परमात्मा एवं आपके बीच एक अदृश्य कड़ी स्थापित हो जाती है, इसके फलस्वरूप परमात्मा की ओर से शांति, पवित्रता, आनन्द , ज्ञान और शक्ति का प्रवाह आपकी तरफ होने लगता है। तथा यह आपके मन

कार्य करते हुए परमात्मा से संबंध बनाये रखना

को शनैः शनैः पवित्र तथा शक्तिशाली बनाता है। जितना ही अधिक आप परमात्मा की चेतना के भाव में रहते हैं, उतनी ही तीव्र गति से आपका मन उपर्युक्त गुणों के प्रवाह के कारण शुद्ध हो जाता है। परमात्मा को सदैव स्मरण रखने की विधि यह है कि खाते-पीते, सोते-जागते, यात्रा करते, बातें करते या घूमते हुए उसकी उपस्थिति का अनुभव करें; मानो कि आप उसके साथ भोजन कर रहे हैं, उसके साथ यात्रा कर रहे हैं, उससे बातें कर रहे हैं या उसके साथ सो रहे हैं। आप जो कुछ भी करें, अनुभव करिये कि परमात्मा आपके सम्मुख है। उसे अपनी सभी गतिविधियों में शामिल करिये। आप जो कुछ करते हैं उसमें परमात्मा को अपना हिस्सेदार बनाइये और अपने को कभी अकेला अनुभव मत करिये। परमात्मा को साथ मानकर हर चीज को समझने और करने का प्रयत्न करिये। इसी प्रकार एक इच्छुक व्यक्ति भक्ति योग के मार्ग में अपने मन को पवित्र करता और अंत में परमात्मा के दर्शन को

उपलब्ध करता है। ऐसा कहा जाता है कि उन क्षणों में जब व्यक्ति परमात्मा को याद कर रहा होता है, वह बहुत शक्तिशाली होता है क्योंकि उसका परमात्मा से सीधा संबंध रहता है और ऐसे समय में उससे गलत व्यवहार करते समय बहुत सावधान रहना चाहिए।

निस्वार्थ कर्म (कर्म योग): इसे ही गीता में निष्काम कर्म कहा गया है। अपने कर्मों को निस्वार्थ भाव से अपने कर्तव्य का एक भाग समझ कर करने से भी मन में पवित्रता और शुद्धता आती है। इसके अनुसार आप प्रत्येक कार्य

को भगवान का आदेश समझते हैं और अपने को परमात्मा का एक सेवक मानते हुए उसे पूरी ईमानदारी और समर्पण के साथ पूरा करते हैं, इस प्रकार आप परमात्मा को ही वास्तविक कर्ता मानते हैं। इसमें अपने निजी लाभ का कोई ध्यान नहीं रखा जाता। आप इसे परमात्मा तथा संसार की सेवा की तरह करते हैं। यह दृष्टिकोण मन को पूर्ण शुद्धता की ओर ले जाता है।

आत्मा, परमात्मा और संसार का ज्ञान (ज्ञान योग): ज्ञान योग में मन को ज्ञान से आलोकित कर नियंत्रित करने की तथा परमात्मा और संसार के संबंध में उसकी वास्तविक प्रकृति समझने के लिए अध्ययन, गहन विचार, आपसी चर्चा तथा खोजबीन की जाती है। एक बार जब आप जीवन का सत्य तथा रहस्य जान जाते हैं, आपके समस्त संदेह, भय, परेशानियां, मनोग्रंथियां आदि विलीन हो जाते हैं, इससे आपका मन पूर्ण शुद्धता को प्राप्त कर लेता है।

❑❑❑

2

विचार

आप जिसे अपने कार्यालय या घर का वातावरण कहते हैं, वह उसके इमारती सामान या वहां सुसज्जित वस्तुओं पर निर्भर नहीं है। वानावरण वहां रहने वाले लोगों के विचारों की गुणवत्ता का द्योतक है। वह कार्यों में सामंजस्य करने वाला सिद्ध होगा यदि वहां रहने वाले लोगों के मन विनम्रता, शुभ इच्छा, अच्छा स्वभाव और दया से भरे हों।

-संत अन्सेलम

मैं मानता हूं
विचार ही वस्तुएं हैं
उनके अपने तन-मन और पंख हैं
भेजते रहते हैं हम उन्हें
जग को भरने के लिये
शुभ-अशुभ या अच्छे-बुरे
परिणामों को पाने के लिये।

-इला व्हीलर विलकोक्स

जीवन संघर्ष में वह नहीं जीतता जो बलशाली (शरीर से) हो, लेकिन देर या सबेर से विजेता वही होता है जो विचारों से ऐसा सोचता है।

-वरजिल

परिचय

विचार प्रक्रिया हमारे जीवन का सबसे महत्वपूर्ण पक्ष है। हमारे सभी कार्यों और व्यवहारों का मूल हमारे विचारों में होता है। विचार कोई साधारण वस्तुएं नहीं हैं। वे प्रभावशाली अस्त्र हैं जो दूसरों को हानि भी पहुंचा सकते हैं इसीलिए उनके प्रति सावधान रहना चाहिए। यह कहना अतिशयोक्ति

नहीं होगी कि विचार संसार की सबसे महान शक्ति है। वह अदृश्य रह कर भी मनुष्यों पर अपना प्रभाव डालती है।

विचारों की प्रकृति और प्रभाव

वास्तव में प्रत्येक विचार एक सांचे की भांति कार्य करता है जिसमें हमारा भविष्य निरंतर बनता रहता है। अत: एक विकासशील आत्मा के लिए यह बहुत आवश्यक है कि वह विचारों की प्रकृति, प्रभावों और शक्तियों को समझे ताकि उनको नियंत्रित कर सर्वोत्तम लाभ प्राप्त किया जा सके। इस दिशा में निम्नलिखित तथ्य एक विनम्र प्रयत्न करते हैं:-

विचारों में कंपन होता है: जिस प्रकार प्रकाश और ध्वनि आदि में कंपन होता है उसी प्रकार विचारों में भी अपना विशिष्ट और अदृश्य कंपन होता है। जब कभी हम कोई अच्छा या बुरा विचार सोचते हैं उसका कंपन हमारे चारों ओर के वातावरण में फैल जाता है और वहां उपस्थित लोगों को विधायक या नकारात्मक रूप से जैसी भी उस विचार की प्रकृति होती है प्रभावित करता है। दूसरे शब्दों में, प्रत्येक स्थान का वातावरण वहां उपस्थित विचारों के कंपनों के अनुसार आवेशित हो जाता है।

विचारों के कंपन भौतिक कंपनों से भिन्न होते हैं: यह तथ्य भी ध्यान देने योग्य है कि विचारों के कंपनों की प्रकृति प्रकाश और ध्वनि के कंपनों की तरह भौतिक नहीं होता। उनकी प्रकृति अभौतिक है। भौतिक कंपन (जैसे कि प्रकाश या ध्वनि आदि के) हमारी भौतिक इंद्रियों के माध्यम से चेतन मन द्वारा सीधे अनुभव किये जाते हैं, जब कि विचारों के कंपन सबसे पहले हमारे उपचेतन मन द्वारा जाने जाते हैं और फिर वहां से वे प्रभाव चेतन मन तक भेजे जाते हैं। यही कारण है कि विचार कंपनों को आप उतनी स्पष्टता से अनुभव नहीं कर सकते जितना कि भौतिक कंपनों को करते हैं। अभौतिक होने के कारण विचार कंपनों को भौतिक कंपनों की भांति किसी प्रकार नापा नहीं जा सकता।

विचारों में अपने को भौतिक रूप में बदलने की शक्ति होती है: हम जो कुछ भी विचार करते हैं, उसके अनुसार ही भौतिक परिस्थितियों और घटनाओं को अपनी ओर आकर्षित करते हैं। एक रहस्यमय प्रक्रिया द्वारा हमारा उपचेतन मन हमारे सभी विचारों को सबसे सीधे और उपलब्ध माध्यम द्वारा उनके समान भौतिक परिस्थितियों में परिवर्तित करने की प्रवृत्ति रखता है। विचार में जितनी अधिक शक्ति होती है उतनी ही उसमें स्वयं को भौतिक रूप में

परिवर्तित करने की शक्ति होती है। एक ही विचार को उसमें भावनाओं (जैसे प्रेम, विश्वास, आशा आदि) का समन्वय करके बार-बार दोहराने से उसकी शक्ति बढ़ जाती है। यदि आपके विचार विधेयात्मक (अर्थात आशा-विश्वास, सफलता आदि) भावनाओं से पूर्ण हैं तो जीवन में विधेयात्मक परिस्थियों का विकास होगा। यदि आपके विचार निषेधात्मक (निराशा, दुख, असफलता आदि) निषेधात्मक हैं तो जीवन की परिस्थितियां भी वैसी ही बन जाएंगी। उपचेतन मन अच्छे और बुरे विचारों में कोई भेद नहीं करता। उसे जो भी विचार चेतन मन द्वारा दिया जाएगा उसे वह स्वीकार कर लेगा। चाहे वह अच्छा हो या बुरा; और उसे वह एक विश्वसनीय और सर्वाधिक शक्तिशाली मित्र की तरह कार्यरूप में बदलना शुरू कर देगा।

जिस व्यक्ति के विरुद्ध कोई विचार किया जाता है, वह विचार उस व्यक्ति को प्रभावित करता है (विचार संप्रेषण और टेलिपेथी का सिद्धांत): किसी व्यक्ति की ओर निर्देशित शक्तिशाली विचार एक शक्ति की तरह उस पर कार्य करते हैं। जब आप किसी व्यक्ति के बारे में अच्छा या बुरा सोचते हैं, आप कोई साधारण कार्य नहीं कर रहे होते। आप वास्तव में उस व्यक्ति पर अपने विचारों का प्रहार कर रहे होते हैं और वह व्यक्ति वास्तव में उनका प्रभाव अनुभव करता है। यह प्रभाव आपके विचारों की शक्ति पर निर्भर करता है और आपके विचारों की शक्ति आपकी एकाग्रता एवं उसके साथ संलग्न भावों पर निर्भर करती हैं इसके साथ ही उस व्यक्ति की ग्रहणशीलता

जिस व्यक्ति के विरुद्ध विचार किए जाते हैं वे उस पर आघात करते हैं

अर्थात उसके विचारों की एकाग्रता आपकी ओर कितनी है, यह तथ्य भी इस प्रक्रिया में अपना योगदान देता है। आपका ध्यान जिस व्यक्ति की ओर केन्द्रित है उस पर आपके विचारों का भावनात्मक अंश एक ठोस पत्थर की तरह प्रहार करता है।

हमें विचारों को भेजने और ग्रहण करने या टेलिपेथी की प्रक्रिया के बारे में थोड़ा और समझ लेना चाहिए। जब हम अपना ध्यान या कल्पना किसी व्यक्ति की ओर लगाते हैं, हम उससे मानसिक स्तर पर संबंधित हो जाते हैं। हमारे मन में उस व्यक्ति के प्रति जितनी अधिक एकांग्रता और उसको मानस-पटल पर देखने की शक्ति होती है, उतने ही अधिक हम उससे मानसिक रूप से संबंधित हो जाते हैं और इस स्थिति में उतनी ही अच्छी तरह विचारों का संप्रेषण या (टेलिपेथी)होता है। अतएव दूसरे व्यक्ति के साथ मानसिक या सूक्ष्म शरीर के स्तर पर हमारी जितनी घनिष्टता होती है उतना ही हम उसे अपने विचारों से प्रभावित कर सकते हैं।

जब कई लोग एक साथ मिल कर अपने एकाग्र विचारों को किसी दूसरे व्यक्ति को भेजते हैं तो उसका अत्यधिक प्रभाव पड़ता है। यदि ये विचार हानि पूर्ण होते हैं तो दूसरा व्यक्ति ऐसा अनुभव करता है मानो उसके सिर पर बम का विस्फोट हो गया हो। लेकिन यदि ये विचार शुभ होते हैं तो वह अपने को स्वस्थ और उन्नतिपूर्ण अनुभव करता है।

विचारों का स्थानान्तरण समय और स्थान से स्वतंत्र है: मन और विचार के क्षेत्र में कोई समय या स्थान नहीं है। जहां तक टेलिपेथी का संबंध है इससे कोई अंतर नहीं पड़ता कि कोई व्यक्ति दूसरे कमरे में बैठा है अथवा संसार के दूसरे कोने में। दोनों ही स्थितियों में मानसिक संबंध बिलकुल समान होते हैं और संदेशों को ग्रहण करने अथवा भेजने में स्थान की दूरी से कोई अंतर नहीं पड़ता।

विचार निरन्तर हमारे उपचेतन मन को प्रभावित करते रहते हैं: हम जो कुछ विचार करते हैं, वह हमारे उपचेतन मन की अनंत झील में जमा होता रहता है। हम जो विचार करते रहते हैं उसके अनुसार हमारे उपचेतन मन में अच्छे और बुरे प्रभाव बराबर जमा होते रहते हैं। इसके अनुसार ही यह झील गंदी या स्वच्छ होती है। इन विचारों के प्रभाव जो हमारे उपचेतन मन पर पड़ते हैं वे हमें और आगे वैसे ही विचार बार-बार करने के लिए उकसाते रहते हैं। इस प्रकार एक दुश्चक्र बन जाता है जिसे तोड़ने की आवश्यकता होती है। योग के विभिन्न अभ्यासों और सप्रयास किये गये सकारात्मक विचारों से, हमारे विचारों के नकारात्मक प्रभावों को शनैः शनैः समाप्त करके मन की शुद्धता को प्राप्त किया जा सकता है।

इससे यह स्पष्ट हो जाना चाहिए कि हमें विचारों को साधारण रूप में नहीं लेना चाहिए। साधारणतया आम लोग यह सोचते हैं कि दूसरे लोग उनके

विचारों के बारे में नहीं जान सकते और केवल सोचने भर से कुछ नहीं होता। लेकिन आप यह देख चुके हैं कि हर विचार हमारे उपचेतन मन में एक लीक या खांचा बना देता है और हमारे पूरे व्यक्तित्व का एक अंश बन जाता है। व्यक्तित्व हमारे उपचेतन मन में अंकित प्रभावों का कुल योग होने के अतिरिक्त कुछ नहीं।

बुरे विचारों को अपनाने से हम कर्मों के नियम को सक्रिय करते हैं: कर्मों के नियमों से संबंधित दर्शन के अनुसार किसी के प्रति बुरा विचार (जैसे घृणा, जलन, प्रतिशोध, नापसंदगी आदि) रखने से हम वास्तव में एक बुरा कर्म या विकर्म करते हैं और उसके लिए हमें भविष्य में उचित दंड मिलेगा। इस प्रकार हर विचार हमारे भविष्य पर एक निश्चित प्रभाव डालता है और जब एक बार विचार अपने आप में पूर्ण हो जाता है अथवा उसे आपके चेतन मन की स्वीकृति मिल जाती है तब वह कर्मों के भंडार से सरलता के साथ नहीं मिटता। वह एक स्थायी रिकार्ड की तरह जमा हो जाता है।

परमात्मा से आपका कोई विचार छिपा नहीं है: आप मित्रों-संगियों से अपने विचार स्पष्ट रूप से छिपा सकते हैं और अपने शब्दों द्वारा भ्रम में डाल सकते हैं परंतु सर्वव्यापी परमात्मा प्रति क्षण आपके सभी प्रकार के प्रत्येक विचार को देख रहा है। उससे, जो हमारा वास्तविक आध्यात्मिक पिता है, कुछ भी छिपा नहीं। अंततः वही महत्वपूर्ण है क्योंकि उसी से हमारा स्थायी संबंध है, जबकि दूसरों के साथ हमारे संबंध अस्थायी हैं। परमात्मा को छोड़ कर एक दिन हर चीज हमसे बिदा हो जाएगी। वह व्यक्ति भी आपके छिपे हुए विचारों को पढ़ सकता है जिसने विचारों का आदान-प्रदान करने की अपनी शक्ति (टेलिपेथी) का विकास कर लिया है।

शक्तिशाली और सकारात्मक मन पर नकारात्मक विचारों के स्पंदनों का प्रभाव नहीं पड़ता: एक शक्तिशाली विधायक मन किसी भी नकारात्मक विचार के स्पंदनों या अतीन्द्रिय आक्रमण का एक निश्चित प्रतिकारक है। उसके चारों ओर एक शक्तिशाली आभा मण्डल होता है जिसको नकारात्मक विचारों के स्पंदन भेद नहीं सकते। ऐसे व्यक्ति की ओर निर्देशित विचार बिना उसको प्रभावित किए लौट जाते हैं। व्यक्ति अपनी मानसिक शक्ति और विधायकता का विकास योग, एकाग्रता और दिन प्रतिदिन के कार्यों में अपने आप को विधायक बनाये रखने का सजगता के साथ अभ्यास करने के द्वारा कर सकता है।

विचार अपनी ही तरह के अन्य विचारों को आकर्षित करते हैं: हमारे चारों ओर का वातावरण सभी प्रकार के विचारों के स्पंदनों से भरा रहता है। अतींद्रिय आकर्षण के नियमानुसार, जब हम किसी वस्तु के संबंध में विचार करते हैं तो हम विचारों के वातावरण से उसी प्रकार के विचार आकर्षित करते हैं। उदाहरण के लिए यदि आप किसी बुरी चीज के बारे में सोच रहे हैं तो आप उससे संबंधित बहुत सारे बुरे विचारों को देख कर आश्चर्यचकित रह जाएंगे। इसी प्रकार यदि आप किसी अच्छी चीज के बारे में विचार कर रहे हैं तो आप अपने मन में अचानक उसी प्रकार के अच्छे विचारों और धारणाओं को प्रकट होते देख अचरज से भर उठेंगे? इससे यह स्पष्ट हो जाता है कि एक बुरा विचार आपकी स्थिति को और अधिक खराब बना सकता है तथा एक अच्छा विचार किस प्रकार आपकी स्थिति को और ऊंचा उठा सकता है।

नकारात्मक विचार मन को अशांत तथा कमजोर बनाते हैं: नकारात्मक विचार आपके मन को अशांत, बेचैन, उद्वेलित और अशुद्ध बनाता है, जबकि विधायक विचार उसको शक्ति प्रदान करते और शुद्ध बनाते हैं। अत: यह प्रश्न केवल एक विचार करने मात्र का नहीं है। प्रत्येक विचार आपके मन के स्वास्थ्य पर एक निश्चित प्रभाव डालता है।

सकारात्मक विचार आपके शरीर के चारों ओर चमकीले और शुद्ध आभा मंडल की रचना करते हैं: आपके शरीर के चारों तरफ जो अदृश्य प्रकाश या तेज रहता है उसे आभा मंडल कहते हैं। इसकी गुणवत्ता आपके शारीरिक और मानसिक स्वास्थ्य पर निर्भर करती है। यदि आपका मन सदैव प्रसन्न और शांति से पूर्ण रहता है तो आपके आभा-मंडल की गुणवत्ता बहुत अच्छी होगी। इस आभा-मंडल अथवा उसके स्पंदनों अथवा कंपनों से केवल आपको ही लाभ नहीं होगा वरन् आपके संपर्क में आने वाले सभी लोगों को होगा। ऐसे व्यक्ति की निकटता में एक थका हारा और बेचैन मन उसी प्रकार शांति का अनुभव करता है जैसे एक प्यासा आदमी जल-स्रोत के पास पहुंचने पर करता है। इस स्थल पर आभा-मंडल के स्पंदनों या कंपनों और विचारों के स्पंदनों के बीच के अंतर को स्पष्ट रूप से समझ लेना चाहिए।

- विचारों के कंपन उस समय उत्पन्न होते हैं जब आप किसी चीज या विषय के संबंध में सोचते हैं किन्तु आपके आभा मंडल के कंपन या स्पंदन सदैव रहते हैं; ये उस समय भी रहते हैं जब आप कोई विचार नहीं करते जैसे निद्रा या गहन ध्यान में। वास्तव में गहन ध्यान में आपके आभा मंडल की गुणवत्ता और क्षेत्र घटने के बजाय बढ़ जाता है।

- आभा मंडल शरीर के चारों ओर 1-2 फिट तक सीमित रहता है जबकि विचारों का कंपन आपके विचारों की गहनता और उनमें संलग्न भावनाओं के अनुसार कहीं अधिक दूर तक जाता है।

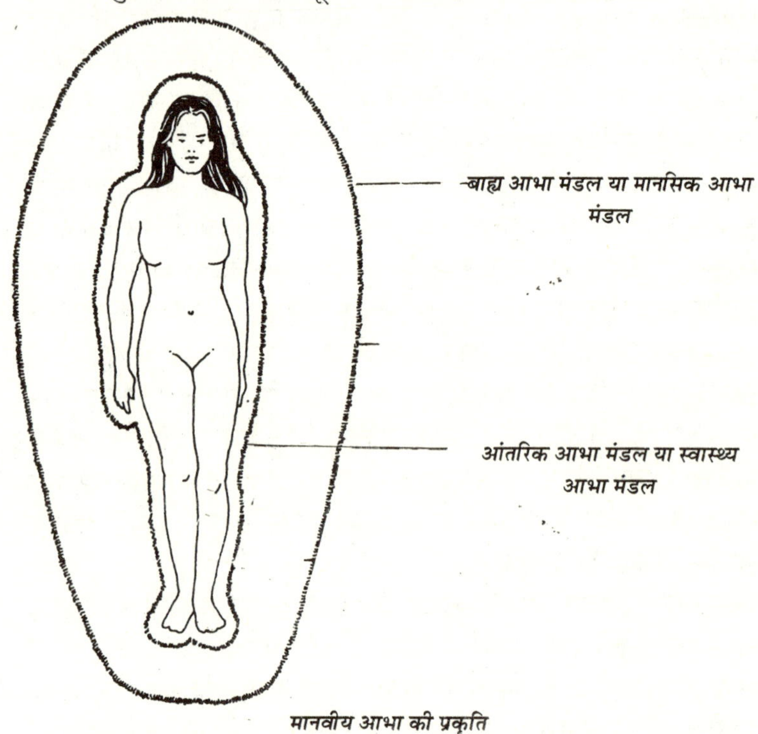

मानवीय आभा की प्रकृति

- आपके आभा मंडल की गुणवत्ता सामान्यत: आपके सामान्य चरित्र और मन में उस विशेष क्षण स्थित भावना पर आधारित होती है जबकि विचारों के कंपन की गुणवत्ता उस विशेष समय पर होने वाले विचार पर निर्भर करती है।
- आपके आभा मंडल और विचारों के कंपन निरन्तर आपके चारों ओर के वातावरण को प्रभावित करते तथा उसमें रूपान्तरण करते रहते हैं। इसके साथ ही आपका आभा मंडल भी उन स्थानों और व्यक्तियों द्वारा प्रभावित तथा रूपांतरित होता रहता है जिनके साथ आप प्राय: अपना समय व्यतीत करते हैं। उदाहरण के लिए, यदि आप कुछ समय किसी आध्यात्मिक आश्रम और पवित्र व्यक्तियों के साथ व्यतीत करें तो इसका आपके आभा मंडल पर स्वत: एक अच्छा प्रभाव पड़ता है और बिना प्रयत्न किए एक रूपांतरित व्यक्ति बन जाते हैं।

विचारों से विचाराकार (Thoughtform) बनते हैं: हम जो कुछ विचारते हैं और मन में उस विचार को बनाते हैं, उसी के अनुसार वातावरण में एक विचाराकार बन जाता है। हमारे विचार में जितनी शक्ति और एकाग्रता होगी उतनी ही स्पष्ट और सुस्पष्ट विचाराकार होगा। दिव्य दृष्टि रखने वाला व्यक्ति अपनी सूक्ष्म शक्ति से इस विचाराकार को देख सकता है।

जब हमारे विचारों के साथ भावनाओं का संगम हो जाता है, भावनाओं वाला अंश अपनी प्रकृति के अनुसार विचार को सकारात्मक या निषेधात्मक रूप का बना देता है। उदाहरणार्थ जब कोई व्यक्ति क्रोध, घृणा, नाराजगी प्रकट करता है, उसके चारों ओर के वातावरण में विचाराकार इतने बदसूरत (जैसे धुएं का काला बादल) होते हैं कि अगर आप उन्हें अपनी सूक्ष्म दृष्टि से देख सकें तो आपको ऐसा अनुभव होगा मानो आप नरक में हों। इसी प्रकार धनात्मक और पवित्र भाव जैसे प्रेम, सेवा आदि के, प्रसन्नतादायक विचाराकार होते हैं।

एक विचाराकार कितने समय तक प्रभावपूर्ण रहेगा यह उसके पीछे आपकी विचार शक्ति पर निर्धारित करता है। वे अर्थात विचाराकार कुछ समय बाद जब उनकी शक्ति समाप्त हो जाती है पूरी तरह प्रभावहीन हो जाते हैं। कुछ शक्तिशाली विचाराकार जिन्हें निरंतर शक्ति प्रदान की जाती रहती है बहुत लंबे समय तक सक्रिय रहते हैं, यहां तक कि उनको जन्म देने वाला मर जाता है परंतु वे सक्रिय रहते हैं। इन विचार-रूपों के मार्ग में आने वाले व्यक्ति निश्चित रूप से उनका प्रभाव अपने ऊपर अनुभव करते हैं।

आपके विचार दूसरों में भी अपने जैसे विचार उत्पन्न करते हैं: इसे विचार प्रेरण का नियम भी कहते हैं, जिसके अनुसार आपके द्वारा छोड़े गये विचार दूसरों को भी वैसे ही विचार उत्पन्न करने की प्रेरणा देते हैं। एक व्यक्ति द्वारा घृणा, द्वेष, क्रोध और लोभ जैसे हानिकारक या नकारात्मक विचार अपने निकट रहने वाले व्यक्तियों में भी वैसे ही विचार उत्पन्न करते हैं। इसी भांति प्रसन्नता से पूर्ण और विधायक विचारों वाला व्यक्ति पूरे वातावरण को अपने विचारों से हंसी-खुशी भरा बना सकता है, जिससे दुखी और अवसाद युक्त व्यक्ति भी कुछ समय के लिए खुशी भरे व्यक्ति में रूपांतरित हो जाता है। तथापि यह सच है कि एक शक्तिशाली और विधायक विचारों वाला व्यक्ति नकारात्मक विचारों से उतना प्रभावित नहीं होगा जितना कि कमजोर मन वाला व्यक्ति।

नकारात्मक विचार शरीर में दबाव या तनाव उत्पन्न करते हैं जबकि सकारात्मक विचार विश्राम एवं शांति: नकारात्मक विचार केवल आपके मन में परेशानी ही नहीं पैदा करते वरन् शरीर में उत्तेजना देने वाली प्रक्रियाएं

(जिन्हें लड़ो या भागो प्रतिक्रियाएं कहा जाता है) भी उत्पन्न करते हैं जिनके कारण अनुकंपी स्नायु प्रणाली (Sympathetic nervus system) के उत्तेजित हो जाने से शरीर में कुछ जैविक परिवर्तन होते हैं। यदि किसी व्यक्ति की नकारात्मक विचार करने की आदत से यह क्रिया निरंतर या प्रायः होने लगती है तो स्वचालित स्नायु प्रणाली के दो भागों में (अर्थात अनुकंपी और पराअनुकंपी स्नायु प्रणाली में) लगातार रहने वाला असंतुलन पैदा हो जाता है जिसके कारण अनेक प्रकार के मनो-शरीरी (Psychosomatic) रोग उत्पन्न हो जाते हैं।

योग की शब्दावली में इसी तथ्य को दूसरे शब्दों में प्रकट किया जाता है-कि जब आपका मन नकारात्मक रूप से आवेशित होता है, प्राण के प्रवाह में बाधा पड़ने लगती है और इससे शारीरिक रोग तथा व्याधियां उत्पन्न होती हैं। क्योंकि भौतिक शरीर प्राण द्वारा ही संचालित होता है।

दूसरी ओर सकारात्मक विचार शरीर में विकास तथा शांति की स्थिति का सृजन करते हैं तथा शरीर में और अधिक संतुलन लाते हैं। सकारात्मक विचार आपकी प्राणिक ऊर्जा में वृद्धि करते हैं और उसकी दिशा को ऊर्ध्वगामी करते हैं जिससे ज्ञान की उपलब्धि में सहायता मिलती है। इसके विपरीत नकारात्मक विचार शरीर की प्राणशक्ति या ऊर्जा को घटाते हैं और उसकी दिशा को अधोगामी करते हैं जिससे मनुष्य परमात्मा से दूर होने लगता है एवं उसमें पशुओं जैसी प्रवृत्तियों की ओर रुचि उत्पन्न होती है।

विचारों के कंपन भौतिक वस्तुओं को भी प्रभावित करते हैं: आपके द्वारा छोड़े गये विचारों और आभा मंडल के कंपन चारों ओर बने रहते हैं और उनकी सीमा में जो भौतिक वस्तुएं आती हैं उनकी गुणवत्ता तथा शुद्धता को प्रभावित करते हैं। उदाहरण के लिए आप जो वस्त्र पहनते हैं, जिस कुर्सी पर बैठते हैं या जो कलम उपयोग में लाते हैं, सभी पर आपके इन कंपनों का प्रभाव रहता है। आप जिन वस्तुओं को प्रायः उपयोग में लाते हैं, उन्हें कोई व्यक्ति छूता या इस्तेमाल करता है तो वह भी इन कंपनों का भागीदार बनता है और उनसे सकारात्मक या नकारात्मक रूप में प्रभावित होता है। जो भोजन आप पकाते या परोसते हैं, उनके साथ भी आपके कंपन चले जाते हैं, वास्तव में ये कंपन उन सभी वस्तुओं में होते हैं जिनका आप उपयोग करते हैं अथवा जो अपके अधिकार में होती हैं। तथापि भौतिक वस्तुओं द्वारा ग्रहण किए गये कंपनों के रूप में परिवर्तन होता रहता है और यह इस बात पर निर्भर करता है कि कितने लोग इनका इस्तेमाल कर रहे हैं; इसके अतिरिक्त विभिन्न भौतिक कारकों जैसे गर्मी, सूर्य प्रकाश, वायु, धुलाई, पानी में उसको उबालना, उस पर पेंटिंग करना आदि का भी उसके कंपनों पर प्रभाव पड़ता है।

मानसिक शक्ति विज्ञान की एक शाखा है जिसे मनोमिति (Psychometry) कहते हैं, इसके विशेषज्ञ आपके द्वारा प्रायः पहनी या उपयोग में लाई जाने वाली वस्तु का स्पर्श कर, उसमें निहित आपके कंपनों को पहचान कर उससे आपके चरित्र के बारे में बता सकते हैं। वास्तव में यही कारण है कि जब आप किसी महान आत्मा की या उसके द्वारा प्रयोग में लाई गई किसी वस्तु का स्पर्श करते हैं तो अपने को इतना पवित्र और उच्च स्थिति में अनुभव करते हैं। स्पष्ट है कि उस वस्तु के माध्यम से आप उस महापुरुष के कंपनों के संपर्क में आ जाते हैं। इसके विपरीत आप जब किसी बदमाश व्यक्ति या पापात्मा के कक्ष में प्रवेश करते हैं अथवा उसके द्वारा उपयोग में लाई गई वस्तु का इस्तेमाल करते हैं, आप बेचैनी अनुभव करते हैं।

जब आप किसी स्थान के बारे में विचार करते हैं, आप उस स्थान के विचार कंपनों से प्रभावित होते हैं: आप जैसे ही किसी व्यक्ति या स्थान के विषय में विचार करते हैं, वैसे ही आप मानसिक रूप से उस व्यक्ति या वस्तु के पास पहुंच जाते हैं और उस स्थान अथवा व्यक्ति के चारों ओर रहने वाले कंपनों से प्रभावित होते हैं।

यदि वह व्यक्ति या स्थान अच्छा है तो आप अच्छे कंपनों को ग्रहण करेंगे। इसके विपरीत यदि वह व्यक्ति या स्थान खराब है, आप खराब कंपनों को प्राप्त करेंगे। अतः आपकी मनः स्थिति उसके अनुसार ही प्रदूषित अथवा शुद्ध होगी। इसीलिए यह कहा जाता है कि केवल कर्मों में ही अच्छाई नहीं होनी चाहिए वरन् विचार भी अच्छे रखने चाहिए अन्यथा आप अनजाने ही अपनी पर्याप्त हानि कर लेंगे।

विचारों की प्रक्रिया में सुधार कैसे करें

विचारों की मूल प्रकृति और उनसे संबंधित नियमों को जानने के बाद, हमें थोड़ा इस पर भी विचार करना चाहिए कि व्यक्ति को अपनी विचार प्रक्रिया में सुधार करने के लिए क्या करना उचित है।

विचार प्रक्रिया को नियंत्रित करने की विधियां

विचार प्रक्रिया को नियंत्रित और व्यवस्थित करने की विभिन्न विधियां हैं, उनमें से कुछ महत्वपूर्ण विधियां निम्नलिखित हैं।

अव्यवस्थित और क्रमहीन विचार मत करिये: समय-समय पर अपनी विचार प्रक्रिया पर ध्यान दीजिये और यह सुनिश्चित करिये कि वह योजना

बद्ध और व्यवस्थित हो, क्रमहीन तथा अव्यवस्थित नहीं। योजना और क्रम से हीन विचार करना तथा दिवा स्वप्न देखना एक कमजोर मन के चिन्ह हैं।

इससे यह पता चलता है कि आप अपने उपचेतन मन (मन का वह भाग जहां इच्छाएं, प्रेरणाएं, कामनाएं संग्रहीत रहती हैं) को नियंत्रित करने के बजाय उससे ही नियंत्रित हो रहे हैं। आपके चेतन मन को पूरी तरह सक्रिय और जागरूक रहना चाहिए। उसे अपने स्वामी होने के पद के अनुसार कार्य करते हुए अपने सेवक उपचेतन मन को नियंत्रित रखना चाहिए। कर्महीन, तथा सुस्त होकर दिवा स्वप्न देखने से आप अपने उपचेतन मन को उत्साहित करते हैं कि वह आपके चेतन मन को प्रभावित करे। अतः यह सुनिश्चित करिये कि वही विचार आपके मन में रहें जो आप वास्तव में उस समय रखना चाहते हैं।

हमेशा सकारात्मक रहने के लिये प्रत्यत्नशील रहें: आपके व्यक्तित्व और चरित्र का निर्माण करने में यह एकमात्र सबसे बड़ा कारक है। हमें अपने नित्यप्रति के जीवन में सजग रूप से यह प्रयत्न करना चाहिए कि सबसे अधिक दुखद स्थितियों में हम हर चीज को विधायक दृष्टि से देखें। जैसे ही कोई नकारात्मक विचार आपके मन में आये, अपने मानसिक दृष्टिकोण में उचित सुधार करके उसे विधायक रूप में बदल दीजिए (पिछले अध्याय में भी इस विषय का वर्णन किया जा चुका है)।

अपने विचारों के भावनात्मक अंश को घटाइये: हमारे जीवन में वे विचार विध्वंस या विनाश लाते हैं जिनके साथ पसंदगी-नापसंदगी, प्रेम, घृणा, भय, प्रतिशोध, द्वेष आदि की भावनाएं जुड़ी होती हैं।

हमारी भावनात्मक संलग्नता का मूल कारण यह है कि हम सांसारिक समस्याओं और कठिनाइयों को बहुत गंभीरता से लेते हैं। स्मरण रखिये कि जीवन में जिन परीक्षाओं और संकटों का आप सामना कर रहे हैं वे एक निश्चित नियम के अनुसार आ रही हैं। इस संसार में कोई भी बात दुर्घटनावश अथवा संयोग से नहीं होती। हमारे या दूसरों के साथ जो कुछ हो रहा है उसका कोई न कोई कारण है। यह भी स्मरण रखिये कि हमारे साथ जो कुछ घटित होता है वह चाहे कितना क्रूर मालूम पड़े लेकिन वह हमारी अच्छाई के लिये होता है। इस विश्व में ऐसी किसी चीज का निर्माण नहीं हुआ जो हमारी हानि कर सके। ये सभी परीक्षण और संकट हमें उन पाठों को पढ़ाने के लिये हैं जो हम अभी तक सीख नहीं सके हैं। ये संकट स्थायी नहीं हैं। वे सभी अस्थायी हैं और अपना उद्देश्य पूरा करने के बाद गुजर जाएंगे।

जब हम यह समझते हैं कि ये कठिनाइयां और मुसीबतें बोझ हैं जो न जाने कहां से आ रही हैं, तो हम विषय को बद से बदतर बना देते हैं और समस्याओं से अपनी मुक्ति की अवधि को लंबा खींच देते हैं। सच यह है कि जब आप आध्यात्मिक रूप से विकास करते हैं, आप स्वयं अनुभव करने लगते हैं कि जो कुछ घटित हो रहा है उसके लिए आप ही उत्तरदायी हैं। अपने अतीत में कुछ कारणों को सक्रिय कर दिया था जो अब अपना प्रभाव दिखा रहे हैं।

अत: दूसरों को दोष देने या कोसने के बजाय जीवन के सभी संकटों और कठिनाइयों का उपयोग कुछ सीखने के अवसर की भांति करिये और आप चाहे कैसी भी दुखद स्थिति में हों अपने मन और विचारों का संतुलन मत खोइये। अपनी सभी समस्याओं का निरीक्षण एक दर्शक की तरह करिये और उन्हें मोह तथा पक्षपात से रहित होकर हल करिये।

अपने विचारों, शब्दों और कर्मों में एकरूपता लाइये: अंदर और बाहर से एक सा बनिये। आपके विचारों, शब्दों और कर्मों में परस्पर एक सुसंगति दीखनी चाहिए। यह एक सही व्यक्ति की सच्ची परीक्षा है। सामान्यत: आजकल ऐसा देखा जाता है कि लोगों के दो चेहरे होते हैं, एक उनका सच्चा या वास्तविक चेहरा होता है और दूसरा झूठा, जो दूसरों को दिखाने के लिए होता है। उनका बाहरी और अंदरूनी रूप एक दूसरे से नहीं मिलता। व्यवहार में इस प्रकार का दोहरापन आपके विचारों की सही बनावट के स्थायीत्व में बाधा डालता है।

सजग विश्राम अथवा शिथिलता: जब कभी आपको समय मिले तो अक्सर सजग विश्राम अथवा शिथिलता का अभ्यास करते रहिये। यह अपनी सजगता या चेतना को विचारों की प्रक्रिया से हटा कर केवल देखने में केन्द्रित करके किया जा सकता है। उदाहरण के लिये आप अपने ईष्ट देव या देवी के चित्र या अन्य पवित्र प्रतीक को ध्यानपूर्वक देख सकते हैं। स्मरण रखिये! आप केवल एकाग्रचित्त होकर टकटकी बांधे उसे केवल देख रहे हैं, कोई विचार नहीं कर रहे हैं। इसी प्रकार आप किसी सुखद ध्वनि पर अपने मन को एकाग्र कर सकते हैं। इसमें भी आप पूरी सजगता से मात्र देख रहे हैं या ध्वनि सुन रहे हैं, लेकिन मन के अंदर सामान्यत: होने वाली विचारों की बातचीत बंद है। आप अपनी सांस पर भी मन को एकाग्र कर सकते हैं, (आंखें बंद कर अपनी हर अंदर आने और बाहर जाने वाली सांस को ध्यान पूर्वक देखिये।) इन सभी ऊपर लिखी प्रक्रियाओं में मन पूरी तरह सक्रिय है लेकिन उसका केन्द्र विचारों से हट कर शुद्ध सजगता पर केन्द्रित हो गया है।

यह स्थिति मन की बेचैनी और उग्र चंचलता को रोक देती है और आपके मन को स्पष्टता तथा शिथिलता प्राप्त होती है जिसके फलस्वरूप बाद में विचार तथा चिन्तन करने में स्पष्टता आती है। मन की यह स्थिति शरीर में भी 'शिथिलता की प्रक्रिया' उत्पन्न करती है और शरीर को विश्राम एवं शिथिलता मिलती है।

योग और ध्यान का अभ्यास: प्रत्येक व्यक्ति को योग और ध्यान का भी अभ्यास करना चाहिए। यदि सही रीति से किया जाय तो ध्यान की प्रक्रिया धीरे-धीरे उपचेतन मन के सभी संघर्षों को हल कर देती और मन को शुद्ध तथा शक्तिशाली बनाती है। जब एक बार मन शुद्ध हो जाता है, आप केवल शुद्ध तथा विधायक विचार ही कर सकते हैं। एक शक्तिशाली और शुद्ध मन अपने विचारों पर पूरा नियंत्रण रखता है और एक कमजोर तथा अशुद्ध मन की तरह सरलता से बेचैन या परेशान नहीं हो सकता। जब आपका उपचेतन मन ध्यान की अग्नि द्वारा अपने संस्कारों के पिघल जाने के बाद शुद्ध बन जाता है, आप अपने वास्तविक स्वरूप और अपने विराट रूप को भी स्पष्ट रूप से देख सकते हैं। आपका अपना यह विराट रूप ही समस्त शक्तियों, शांति और आनन्द का स्रोत है।

3

मानसिक दबाव या तनाव

किसी भी व्यक्ति का जीवन संघर्षों और दबावों से मुक्त नहीं है, यहां तक कि सबसे अधिक सुखी का भी; लेकिन प्रत्येक व्यक्ति अपने को बाहरी चीजों से मुक्त कर अपनी खुशी का निर्माण स्वयं कर सकता है।

-हमबोल्ट

बाहरी परिस्थितियां और घटनाएं मानसिक दबाव उत्पन्न नहीं करतीं। हमारी उनके प्रति जो प्रतिक्रिया होती है, उससे मानसिक दबाव उत्पन्न होता है।

-फिल न्यूएर्नबर्गर

मानसिक दबाव की प्रकृति

मानसिक दबाव क्या है?

तकनीकी रूप से जब कभी हम अपने लिए शारीरिक अथवा मनोवैज्ञानिक चुनौती या संकट देखते हैं, हम मानसिक दबाव से ग्रस्त हो जाते हैं। तथापि व्यावहारिक या एक साधारण व्यक्ति की दृष्टि से जब कभी हमारा मन भारी, तनावग्रस्त, बेचैन, कष्टपूर्ण, अनमना, उत्तेजित, या अशांत होता है, यह कहा जाता है कि हम मानसिक दबाव से पीड़ित हैं। इसके विपरीत जब हमारा मन हल्का, प्रसन्न, शांत, सरल और चंचलता रहित होता है, यह कहा जाता है कि हम दबाव के विपरीत आराम की स्थिति में हैं।

यह जानना रुचिकर होगा कि हमारी प्रत्येक मानसिक गतिविधि हमारे स्वयंसेवी स्नायुतंत्र (Autonomous nervous system) के कार्यों द्वारा शारीरिक प्रतिक्रियाओं से संबंधित है। मानसिक दबाव को पूरी तरह समझने के लिए, उसे जानना बहुत आवश्यक होता है।

मानसिक दबाव का शरीर पर प्रभाव

जब कभी हम मानसिक दबाव अनुभव करते हैं, हमारे शरीर में उससे संबंधित गतियां प्रारंभ हो जाती हैं, इन्हें ही लड़ो या भागो प्रतिक्रियाएं या संकटकालीन प्रतिक्रियाएं कहते हैं। यह इस प्रकार है मानो शरीर में आने वाले संकट या चुनौती का सामना करने के लिए 'रेड एलर्ट' घोषित कर दिया गया हो। इस दशा में स्वयंसेवी स्नायुतंत्र को मस्तिष्क के एक भाग हाइपोथैलमस से एक आवेग (inpulse) आकर उत्तेजित करता है जिससे शरीर में निम्नलिखित प्रतिक्रियाएं होती हैं।

- पीयूष ग्रंथि (Pituitary gland) से ए सी टी एच हार्मोन स्रावित होता है जो अधिवृक्क ग्रंथि (एड्रेनल ग्लैंड) को सक्रिय करता है।
- अधिवृक्क ग्रंथि कोर्टीसोल (Cortisoal) हार्मोन उत्पन्न करती है जो ज़िगर पर कार्य करता है।
- कोर्टीसोल हार्मोन जिगर में एकत्रित ग्लाइकोजेन को ब्लड शुगर में परिवर्तित कर देता है जिससे तत्काल ऊर्जा मिलती है।
- श्वास-प्रश्वास क्रिया तीव्रता से चलने लगती है जिससे शरीर को अधिक ऑक्सीज़न प्राप्त होने लगती है।
- मानसिक दबाव का सामना करने के लिए एड्रेनलिन और नॉन एड्रेनलिन जैसे रसायन रक्त प्रवाह में सीधे छोड़ दिये जाते हैं जिससे शरीर में शक्ति का संचार होने लगता है।
- रक्तप्रवाह बढ़ाने के लिए हृदय की धड़कने की गति बढ़ जाती है।
- रक्त नलिकाएं फैल जाती हैं और रक्तचाप बढ़ जाता है।
- त्वचा से पसीना अधिक निकलता है और त्वचा की विद्युत सुचालकता बढ़ जाती है।
- मांसपेशियां कठोर बन जाती हैं और उनका तनाव बढ़ जाता है जिससे वे अपना कार्य पूरी कुशलता से करने के लिए तैयार हो जाती हैं।
- पाचन क्रिया बंद हो जाती है क्योंकि रक्त का प्रवाह आमाशय से स्केलटन मांसपेशियों की ओर होने लगता है।
- मुंह सूख जाता है क्योंकि लार ग्रंथियां सूख जाती हैं।
- मलाशय और मूत्राशय की मांसपेशियां शिथिल हो जाती हैं।

- अंग कांपने लगते हैं और स्वर लड़खड़ाने लगता है।
- त्वचा से रक्त खिंच कर दूसरे अंगों की ओर चला जाता है। रक्त की बाह्य नलिकाएं सिकुड़ जाती हैं जिससे हाथों आदि में ठंड लगने लगती है।
- बीमारियों आदि के कीटाणुओं से शरीर की लड़ने वाली प्रतिरक्षा प्रणाली कमजोर हो जाती है।

शरीर की रासायनिक दशा में उपरोक्त परिवर्तन मूल रूप से इसलिए होते हैं ताकि आने वाले संकट का सामना करने के लिए उसे अतिरिक्त ऊर्जा मिल सके।

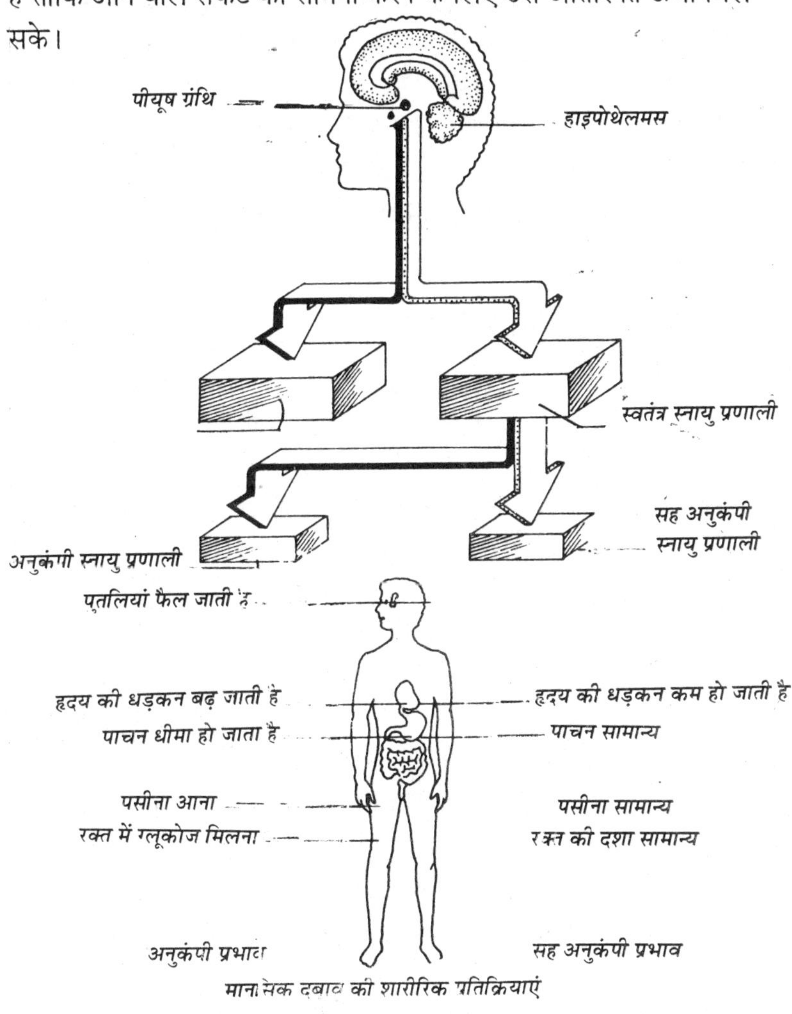

मानसिक दबाव की शारीरिक प्रतिक्रियाएं

दूसरी ओर जब हम शांत, शिथिल और उत्तेजना से रहित होते हैं, स्नायु प्रणाली की अन्य स्वतंत्र शाखा जिसे सहानुकंपी प्रणाली (पेरासिम्पेथिटिक सिस्टम) कहते हैं कार्य भार अपने हाथ में ले लेती है। इसका कार्य लगभग अनुकंपी प्रणाली (सिम्पेथिटिक सिस्टम) के विपरीत और उसका पूरक है।

इसका कार्य अनुकंपी प्रक्रियाओं के विपरीत शरीर की रासायनिक दशा को सामान्य अवस्था में लाना है। अनुकंपी प्रतिक्रियाएं गतिशीलता की ओर उन्मुख तथा आक्रामक होती हैं जिनसे मांसपेशिओं पर दबाव पड़ता है और फलस्वरूप बड़ी मात्रा में ऊर्जा या शक्ति खर्च होती है। सहअनुकंपी प्रतिक्रियाएं शांत प्रकृति की और ऊर्जा को पुन: लाने वाली होती हैं। ये शिथिलता, आंतरिक व्यवस्था और शारीरिक जीर्णोद्धार जैसे कोषों की मरम्मत, पोषण संबंधी आंतरिक क्रियाएं, मल-मूत्र त्याग आदि से संबंधित होती हैं। आदर्श व्यवस्था में अनुकंपी और सह अनुकंपी प्रणालियां संतुलित तथा पूरक रूप में कार्य करती हैं ताकि क्रियाशीलता एवं शिथिलता एक दूसरे के बाद घटित होते रहें।

हर तरह की अनुकंपी उत्तेजना (Sympathetic arousal) मानसिक दबाव नहीं उत्पन्न करती

यद्यपि मानसिक दबाव से अनुकंपी उत्तेजना उत्पन्न होती है तथापि प्रत्येक अनुकंपी उत्तेजना मानसिक दबाव नहीं है। उदाहरणार्थ जब आप अपने स्वास्थ्य में सुधार लाने के लिए दौड़ना चाहते हैं, आपकी अनुकंपी स्नायु प्रणाली आपको अतिरिक्त ऊर्जा देने के लिए उत्तेजित हो जाती है तथापि आप मानसिक दबाव में नहीं होते। वास्तव में प्रत्येक शारीरिक क्रिया (जिसे करने में कर्मेन्द्रिय शामिल होती है) कम या अधिक रूप से अनुकंपी स्नायु प्रणाली को उत्तेजित करता है।

मानसिक दबाव उस समय उत्पन्न होता है जब अत्यधिक या लंबी अवधि तक अनुकंपी स्नायु प्रणाली उत्तेजित रहे जिससे अनुकंपी तथा सह अनुकंपी स्नायु प्रणाली में रहने वाला संतुलन गड़बड़ हो जाए। अत: मानसिक दबाव की अधिक सही परिभाषा यह है कि मानसिक दबाव स्वतंत्र स्नायुतंत्र (autonomic nervous system) में असंतुलन आना है। अत: जब तक विश्राम और शिथिलता द्वारा ऐसी उत्तेजना या सक्रियता संतुलित होती रहती है, वह स्वास्थ्यवर्धक और मानसिक दबाव से रहित होती है। लंबी अवधि का मानसिक दबाव अनुकंपी क्रियाओं या सहअनुकंपी क्रियाओं के लगातार

असंतुलन में रहने की आदत के वशीभूत हो जाने से होता है। अनुकंपी प्रतिक्रियाओं में शरीर और मन के अंदर लड़ने या भागने से संबंधित प्रतिक्रियाएं होती हैं। अनुकंपी प्रतिक्रियाओं द्वारा उत्पन्न ऊर्जा जब उपयोग में नहीं लाई जाती अथवा प्रकट नहीं होती तब भी मानसिक दबाव उत्पन्न होता है। यह हमारी मांसपेशियों में तनाव के रूप में अवरोधित हो जाती है उदाहरणार्थ जब आप मानसिक रूप से परेशान या उत्तेजित होते हैं परंतु उसे किसी शारीरिक क्रिया द्वारा प्रकट नहीं कर पाते।

आवश्यकता से अधिक निष्क्रियता या सुस्ती (सहअनुकंपी प्रतिक्रिया) भी मानसिक दबाव पैदा करती है

सहअनुकंपी प्रतिक्रियाओं (Parasympathetic activities) का बढ़ना भी शरीर के लिए हानिकारक है क्योंकि यह फिर स्वतंत्र स्नायु प्रणाली में असंतुलन पैदा करता है और इससे एक दूसरे प्रकार का मानसिक दबाव पैदा हो जाता है। दूसरे शब्दों में यदि शिथिलता की स्थिति (सहअनुकंपी प्रभुत्व) यदि क्रियासीलता द्वारा संतुलित नहीं होती तो वह भी एक दुष्क्रिया बन सकती है और उसके परिणाम स्वरूप, आलस्य, निष्क्रियता, उदासीनता और अवसाद पैदा हो सकता है। ऐसे लोग अच्छी-खासी संख्या में हैं जो संकट की संभावना होने पर भी निष्क्रिय उदासीनता से भारी प्रतिक्रिया करते हैं या ऐसी प्रतिक्रियाएं करते हैं जिन्हें सहअनुकंपी प्रतिक्रिया कहा जा सकता है। दूसरे शब्दों में कहा जा सकता है कि संकटपूर्ण स्थिति का सामना करने पर ऐसे लोग लड़ने या भागने की तैयारी करने के बजाय, वे बस चुपचाप पड़े रहते हैं और मुर्दे से बन जाने का बहाना करते हैं। भय के सामने उनकी प्रतिक्रिया उत्तेजना की न होकर अवरोध (inhibition) की होती है। अवरोध के अन्तर्गत विशेष प्रकार की सहअनुकंपी क्रियाएं होती हैं जैसे शरीर की आंतरिक क्रियाओं की गति में कमी आ जाना, मानसिक शिथिलता, निष्क्रियता और अंततः अवसाद से ग्रस्त हो जाना। इन क्रियाओं का वास्तविक मूल कारण उपस्थित संकट का समुचित रूप से सामना करने में स्वतंत्र स्नायु प्रणाली का उत्तेजित होने में असफल हो जाना होता है।

कुछ बीमारियां जैसे दमा और ग्रहणी का अल्सर असामान्य सह अनुकंपी स्नायविक क्रियाओं से सीधे संबंधित होती हैं। अतः इस तथ्य को समझना आवश्यक है कि अगर हम उत्तेजित होते अथवा अपनी इच्छाओं का दमन करते हैं तो इसका अर्थ यह नहीं कि हम मानसिक दबाव से पीड़ित हैं।

मानसिक दबाव की व्याख्या करने की शरीर से संबंधित मुख्य बात यह हो सकती है कि क्या अनुकंपी और सहअनुकंपी स्नायविक क्रियाओं में संतुलन है अथवा नहीं।

मानसिक दबाव रोगों का कारण कब बनते हैं?

मानसिक दबाव के द्वारा जो अनुकंपी उत्तेजना होती है वह शरीर में व्याप्त शक्तियों का उपयोग चुनौतियों का सामना करने के लिए अतिरिक्त ऊर्जा के

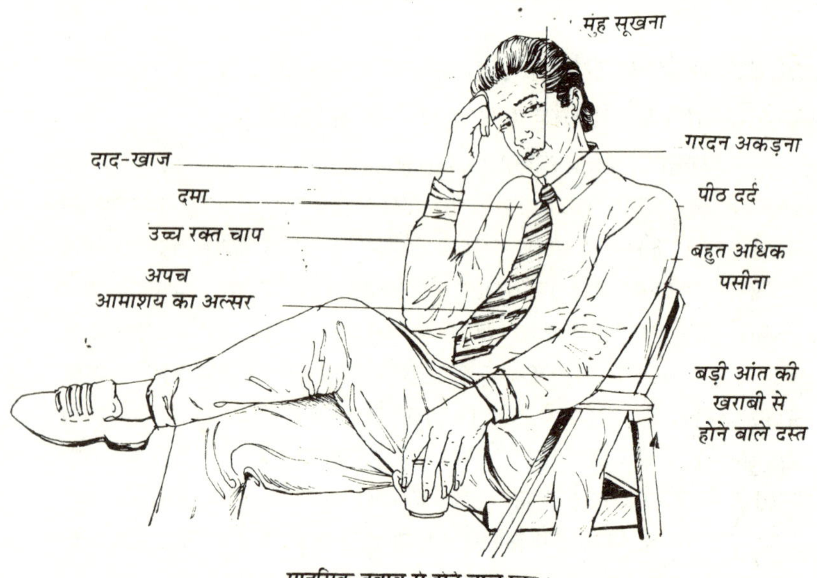

मानसिक दबाव से होने वाल ाविका।र

रूप में करती है। यदि निरंतर रहने वाले मानसिक दबाव (जैसे चिन्ता, भय, परेशानी आदि) से अनुकंपी स्नायविक प्रणाली बराबर सक्रिय होती है तो शरीर की शक्ति क्षीण हो जाती है। परिणामस्वरूप इससे थकान, रोग, कमजोरी, और कभी-कभी शरीर की मृत्यु तक हो जाती है।

मानसिक दबाव से संबंधित रोगों की संक्षिप्त सूची निम्नलिखित है। ऐसा कहा जाता है कि 80% रोग मानसिक दबाव के कारण होते हैं अथवा बढ़ जाते हैं। ये मनोकायिक रोग कहे जाते हैं।

(1) दमा, (2) पीठ दर्द, (3) पाचन की गड़बड़ियां, आमाशय अल्सर, पेचिश, (4) सिर दर्द, आधा सीसी का दर्द, (5) स्पान्डिलाइटिस, (6) उच्च

रक्त चाप, (7) संधिवात (arthritis) गठिया, (8) मधुमेह, (9) मांसपेशियों का अकड़ाव, (10) विभिन्न मानसिक गड़बड़ियां, फिट पड़ना आदि।

इनमें से कौन सा रोग व्यक्ति को होगा, यह उसके शरीर के कमजोर अंगों पर निर्भर करता है; यही सबसे पहले प्रभावित होंगे।

मानसिक दबाव का कार्य तथा व्यवहार पर प्रभाव

जैसा कि पहले वर्णन किया जा चुका है हमें जीवन की चुनौतियों और आवश्यकताओं का सामना करने के लिए अनुकंपी उत्तेजना का होना आवश्यक है। वास्तव में उत्तेजना की वृद्धि के साथ हमारी कार्यकुशलता में भी वृद्धि होती है। यह तो केवल उत्तेजना का कम या अधिक होना है जो कि कार्यक्षमता पर प्रभाव डालता है। जो व्यक्ति निरन्तर अत्यधिक क्रियाशील रहते हैं (या मानसिक दबाव में रहते हैं। उनकी कार्यकुशलता पर इसका खराब असर पड़ता है। स्पष्टत: इसका सर्वोत्तम समाधान अपने वर्तमान कार्य के अनुसार ही सक्रिय होना है, न उससे कम और न अधिक। इसी प्रकार अत्यधिक सहअनुकंपी प्रतिक्रियाओं के कारण (जो आवश्यकता से अधिक सुस्ती और निष्क्रियता से प्रकट होती है) कुछ लोग उतने भी गतिशील या कर्मठ नहीं होते जितना कि आवश्यक है और वे उचित कार्यकुशलता भी नहीं दिखा सकते।

वास्तव में आवश्यकता से अधिक क्रियाशील होना अथवा आवश्यकता से कम क्रियाशील होना ही मानसिक दबाव है। किसी कार्य को करने के लिए उचित उत्तेजना और उसके बाद उचित विश्राम, यह एक सामान्य प्राकृतिक आवश्यकताएं हैं।

हमारे सामान्य व्यवहार पर आवश्यकता से अधिक क्रियाशील होने का यह प्रभाव पड़ता है कि हम जल्दी थक जाते, गुस्सा हो जाते या धीरज खो देते हैं। हम निर्णयों को लेने में भ्रमित हो जाते या मानसिक कमजोरी दिखाते हैं। हमारी एकाग्रता तथा स्मरण शक्ति कमजोर हो जाती है। हमारी चिन्ताएं और बेचैनी बढ़ जाती हैं। हमारे व्यवहार में निम्नलिखित अन्य परिवर्तन भी हो सकते हैं:

- महत्वपूर्ण कार्यों को अंतिम समय तक न करना और उसके बाद भाग दौड़ करना और उन्हें पूरा करने में असमर्थ होना।
- कार्य की तैयारी करने और महत्वपूर्ण भेंट या साक्षात्कार के लिए अपर्याप्त समय देना।

- एक ही समय में एक या दो काम करने का प्रयत्न करना और सदैव समय के दबाव में रहना।
- भोजन करते हुए पढ़ना अथवा कार्य करना।
- बहुत तेजी या जोर से अथवा आक्रामक रूप से बोलना, कसमें खाना, दूसरों के कार्य में बाधा डालना, उनकी बातों को न सुनना और स्वयं बोलते जाना, केवल बहस करने के लिए ही बोलते जाना।
- एक स्थान पर लंबे समय तक शांत बैठने में असमर्थ होना, तनाव भरे तरीके से झटके के साथ इधर-उधर आना-जाना।
- हंसी-मजाक का स्वभाव छोड़ते जाना।
- गुस्से या घबराहट से प्रतिक्रिया करना, शांतिपूर्वक स्थिति का सामना करने के बजाय अपनी प्रतिक्रियाओं पर नियंत्रण नहीं रखना, व्यवहार में बहुत जल्दबाजी करना।
- सड़क पर वाहन इस प्रकार चलाना जिससे दुर्घटना होने की संभावना हो।
- अनिद्रा या बेचैनी भरी नींद अथवा नींद में चलना।

मानसिक दबाव में रहने की आदत

कुछ लोग ऐसे होते हैं जिनको सदैव उत्तेजित अवस्था में रहने की आदत पड़ जाती है। वे सदैव योजना बनाते, चिंता करते, तनाव ग्रस्त रहते और बेचैनी से इधर-उधर घूमते रहते हैं। बेचैन रहने की आदत उनमें इतनी गहरी बैठ जाती है कि उन्हें शारीरिक और मानसिक विश्राम करना अस्वाभाविक लगता है। शरीर और मन दोनों को तनाव और बेचैनी से ग्रस्त रखना उनकी आदत बन जाती है। वे सदैव समय से आगे निकलने के लिए दौड़ लगाते रहते हैं और निरंतर समय कम होने के भाव से दबे रहते हैं। वे जानबूझ कर ऐसी स्थितियां खोजते हैं जो मानसिक दबाव और व्यवहार पैदा करने वाली हों। उनका शरीर सामान्य व्यक्ति की तुलना से कहीं अधिक ऐसे हार्मोन्स उत्पन्न करता है जो मानसिक दबाव का सामना कर सकें और उनके शरीर तथा मन को दबाव की स्थिति सहन करने के योग्य बना सकें। ऐसे लोगों को मानसिक दबाव का अभ्यस्त कहा जाता है। ऐसे लोग इस प्रकार की जीवन शैली के अनुरूप बना लेते हैं लेकिन इसका यह अर्थ नहीं है कि वे मानसिक दबाव से उत्पन्न होने वाली हानियों से बचे रहेंगे। मानसिक दबाव उनको चुपचाप धीमे-धीमे

कमजोर करता रहता है और उनको इस तथ्य का ज्ञान उस दिन होता है जब उनके शरीर में मानसिक दबाव से संबंधित रोग उभरना शुरू करते हैं अथवा वे बेहद थकान, कमजोरी अनुभव करते हैं और अंततः उनका शरीर पूरी तरह शक्तिहीन हो जाता है। इसी प्रकार जिन व्यक्तियों की आदत निष्क्रिय और उत्तेजना रहित रहने की पड़ जाती है वे भी उसके हानिकारक प्रभावों से पीड़ित होते हैं, जैसाकि हम पहले वर्णन कर चुके हैं।

मानसिक दबाव का अभ्यस्त या आदी बन जाने की आदत से बचने के लिए मुख्य सिद्धांत यह है कि हम अपने शरीर के कार्यों तथा व्यवहार में प्रकट होने वाले उसके संकेतों तथा चिन्हों के प्रति अधिक सजग बनें।

मानसिक दबाव के शारीरिक संकेत

कुछ ऐसे शारीरिक संकेत अथवा चिन्ह हैं जिनसे हम यह अनुमान लगा सकते हैं या निर्णय कर सकते हैं कि व्यक्ति मानसिक दबाव से पीड़ित है, उदाहरण के लिए:

मानसिक दबाव ग्रस्त एक प्रकार का चेहरा

- नाखूनों को मुंह से काटना, चबाना।
- मुट्ठियां बांधना।
- जबड़ा भींचना।

- मेज/कुर्सी पर उंगलियां मारना या थपथपाना।
- सोते हुए दांत पीसना।
- कंधों को ऊपर उचकाना।
- माथे पर झुर्रियां और माथे की मांसपेशी पर तनाव होना।
- प्राय: सांसें भरना (सुस्ती से उत्पन्न मानसिक दबाव प्रकट करता है)।
- फर्श को पैरों से थपथपाना।
- कुर्सी पर बैठे हुए कांपना।
- कम गहरी सांस लेना या केवल इतनी सांस लेना कि वह ऊपरी वक्षस्थल तक ही जाए।
- शरीर के विभिन्न अंगों की मांसपेशियों में अस्वाभाविक कठोरता या तनाव होना, जैसे कि पीठ के निम्न भाग, गरदन, कंधे, पीठ के ऊपरी भाग, जंघाएं, पैर और पिंडलियां, हाथों, चेहरा, माथा आदि की मांसपेशियों में तनाव।
- आमाशय पर तनाव/कठोरता और (डायाफ्राम) मध्यपट की गति में कमी होना।
- भूख न लगना।

व्यक्ति में अपने मानसिक दबाव की आदत के अनुसार ऊपर लिखे कुछ या अनेक लक्षण दिखाई पड़ सकते हैं।

मानसिक दबाव के कारण

मानसिक दबाव उत्पन्न करने वाले कारणों को मुख्य रूप से निम्नलिखित श्रेणियों में विभाजित किया जा सकता है।

मनोवैज्ञानिक या मानसिक कारण: मानसिक दबाव के मनोवैज्ञानिक कारण इस तथ्य के चारों ओर चक्कर लगाते हैं कि हम अपने चारों ओर की विभिन्न समस्याओं और घटनाओं के प्रति कैसी मानसिक प्रतिक्रिया करते हैं तथा हम संसार तथा सामान्य जीवन को कैसे देखते हैं। यदि हम चारों ओर की विभिन्न चीजों के प्रति नकारात्मक भावों भरी प्रतिक्रिया जैसे क्रोध, भय, घृणा, द्वेष, प्रतिशोध, चिंताएं, चिड़चिड़ाहट, निराशा, व्याकुलता) करते हैं तो निश्चय ही उनसे मानसिक दबाव उत्पन्न होगा। इसे समझने के लिए, मान लीजिए की अचानक आपकी कार में कोई गड़बड़ी आ गई या समस्या

उत्पन्न हो गई, अब इसे अनुभव करने का एक तरीका तो यह है कि आप यह विचार कर कि ऐसा क्यों हुआ, बहुत तनाव ग्रस्त हो जाएं। दूसरा तरीका इसे जीवन की एक रीति के रूप में लेना है अर्थात आप यह स्वीकार करने के लिए तत्पर हैं कि जीवन में कुछ भी घटित हो सकता है। अत: मानसिक दब्राव के मनोवैज्ञानिक कारणों को जीवन की विभिन्न वस्तुओं के प्रति अपने दृष्टिकोण और प्रतिक्रियाओं को पुन: व्यवस्थित या अनुकूल बना कर बड़ी सरलता से दूर किया जा सकता है।

विभिन्न कार्य या घटनाएं अपने में मानसिक दबाव पैदा करने की शक्ति नहीं रखतीं। यह केवल हमारा दृष्टिकोण और उन चीजों के प्रति भाव है जो मानसिक दबाव तथा तनाव को जन्म देता है। यदि हम हर बात या घटना को विधायक रीति से देखना सीख सकें तो मानसिक तनाव या दबाव का उत्पन्न होना असंभव है।*

मानसिक तनाव/दबाव उत्पन्न करने वाले वातावरण संबंधी तत्व: वातावरण के जिन तत्वों से मानसिक तनाव या दबाव उत्पन्न होता है, उनके उदाहरण हैं–अत्यधिक ठंड, अत्यधिक गर्मी, बहुत ऊंचा शोर–शराबा, बहुत अधिक नमी, जल तथा वायु का प्रदूषण (धुआं, धूल, हानिकारक रासायनिक पदार्थ/गैसें), अपर्याप्त प्रकाश, भीड़–भाड़ आदि। ये सभी चीजें हमारे अंदर मानसिक दबाव उत्पन्न करती हैं और उससे संबंधित शारीरिक और मानसिक प्रतिक्रियाएं सक्रिय करती हैं। वातावरण के इन तत्वों से हम कितना प्रभावित होते हैं, यह हमारे शरीर की प्रतिरोध शक्ति या तकनीकी शब्दावली में प्राण शक्ति पर निर्भर करता है। यही कारण है कि समान वातावरण की परिस्थितियों में अलग–अलग लोग भिन्न–भिन्न रूप से प्रभावित होते हैं, कुछ लोग पूरी तरह से थक जाते हैं और कुछ अपनी सक्रियता बनाए रखने के योग्य रहते हैं।

मानसिक दबाव उत्पन्न करने वाले शारीरिक कारण: ये कारण हमारी जीवन शैली तथा हमारे शरीर की दशा से संबंधित होते हैं।

दोषपूर्ण भोजन: कुछ भोजन इस प्रकार के हैं जो हमारे मानसिक तनाव–दवाब को बढ़ाने में सहायक होते हैं, जैसे सफेद चीनी, नमक, काफी, चाय, अलकोहल या शराब, नशीली औषधियां, मिठाई, मिर्च, मसाले, अचार, मांस,

---

*मानसिक दृष्टिकोण को परिवर्तित करने के संबंध में विस्तृत जानकारी के लिए मेरी पुस्तक '**सदा खुश कैसे रहें**' पढ़ें।

वातावरण से उत्पन्न होने वाले मानसिक दबाव का एक उदाहरण : आधुनिक जीवन में नगरों के सवारी वाहनों जैसे बस आदि में होने वाली अत्यधिक भीड़

सिगरेट, तंबाकू, आदि। इनका उपयोग करने से हमारे अंदर शारीरिक, मानसिक उत्तेजना, तनाव तथा दबाव की प्रतिक्रियाएं सक्रिय हो जाती हैं। (शरीर व मन को नुकसान पहुँचाने वाले भोजन के बारे में अधिक जानकारी के लिए मेरी पुस्तक **'Foods that are Killing You'** पढ़िये।

अनेक औषधियां और नशीली दवाइयां तथा खान-पान की चीज मानसिक तनाव या दबाव उत्पन्न करती हैं

सांस लेने की दोषपूर्ण रीतिः इसी प्रकार श्वांस-प्रश्वांस की हमारी आदत स्वचालित (Autonomic) स्नायु प्रणाली को प्रभावित करती है और उससे हमारे मानसिक दबाव उत्पन्न करने वाली प्रतिक्रियाओं पर असर डालती है। यदि हमें उथली सांस लेने की आदत है (जो केवल वक्ष तक सीमित रहती है) और हमारी सांस तेज, झटकेदार, शोर करने वाली, लय रहित या धीमी है तो हम अचेतन रूप से मानसिक दबाव उत्पन्न करने वाली स्नायु प्रणाली को सक्रिय कर रहे हैं क्योंकि सांस लेने की यह विधियां मानसिक दबाव से ग्रस्त मनोमस्तिष्क के लक्षण हैं।

दोषपूर्ण शारीरिक मुद्राएंः हमारे शरीर की उठने-बैठने, खड़े होने की मुद्राएं, सोने की आदतें आदि सभी हमारे मानसिक दबाव के स्तर को बनाने या सक्रिय करने में योगदान देती हैं। जिस प्रकार हम खड़े होते, बैठते, चलते हैं उसका हमारे मानसिक दबाव के स्तर पर प्रभाव पड़ता है। उदाहरण के लिए

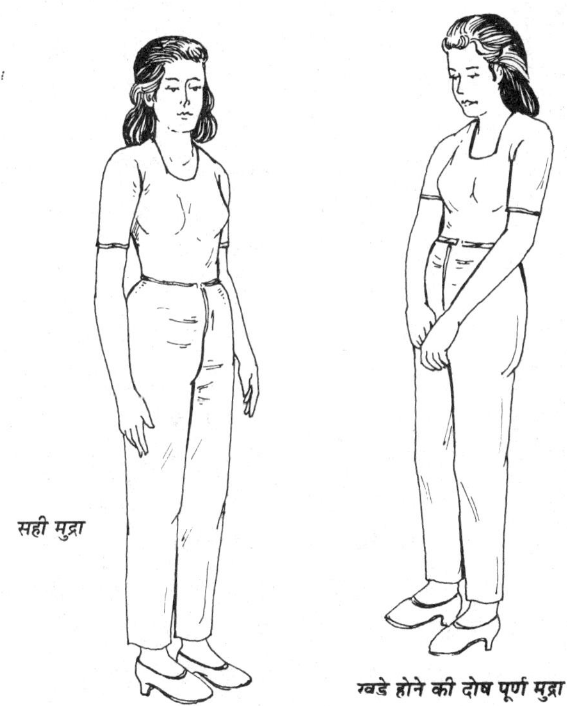

अच्छी और बुरा मुद्राए

(सही और दोषपूर्ण मुद्राओं के बारे में विस्तृत जानकारी के लिए मेरी पुस्तक **'Freedom from Cervical and Back Pain'** पढ़िये।)

यदि हम अपनी रीढ़ की हड्डी को सीधा करके बैठेगें, हम अपने अंदर विश्वास और शक्ति अनुभव करेंगे लेकिन अगर हम अपनी रीढ़ को झुका कर और कंधों को सिकोड़ कर बैठेंगे, हम सुस्ती, अकर्मण्यता और ऊब अनुभव करेंगे।

बीमारियां: यदि हम बीमार हैं अथवा स्वास्थ्य संबंधी कोई पुरानी समस्या है तो यह भी मानसिक दबाव उत्पन्न होने में सहायक होता है क्योंकि बीमारी का अर्थ है शारीरिक प्रणाली में कुछ असंतुलन होना जो कि मन में भी बेचैनी उत्पन्न कर सकता है। वास्तव में शरीर और मन एक दूसरे के साथ इतनी घनिष्ठता से संबंधित हैं कि शरीर की प्रणाली में कोई भी विशेष अवरोध (या अधिक सही कहा जाए तो ऊर्जा या प्राण के प्रवाह में अवरोध) मन में एक विशेष प्रकार की अवस्था की रचना करता है जैसे कुछ बीमारियां मन में व्यग्रता या चिंता को बनाए रखती हैं, कुछ मन में भय की रचना करती हैं, कुछ गुस्सा और चिड़चिड़ापन पैदा कर सकती हैं, कुछ अवसाद या घबराहट, कुछ उदासी पैदा कर सकती हैं, तथा कुछ मन में दुख आदि उत्पन्न करती हैं।

तथापि किसी शारीरिक बीमारी अथवा मानसिक दबाव उत्पन्न करने वाले वातावरण के प्रति नकारात्मक प्रतिक्रिया करने से हम अपने मानसिक तनाव के स्तर को और अधिक बिगाड़ देते हैं। अत: अपनी प्रतिक्रिया पर नियंत्रण करके हम मानसिक तनाव/दबाव के स्तर को बिगड़ने से रोक सकते हैं।

अत्यधिक बोलना/बातचीत: अत्यधिक बोलने या बातचीत करने से भी अनुकंपी प्रणाली (Sympathetic system) आवश्यकता से अधिक उत्तेजित हो जाती है। जब आप बोलते हैं, अपनी मांसपेशियों और स्नायुओं की बहुत सी ऊर्जा खर्च करते हैं। वास्तव में एक घंटे तक निरन्तर बोलते रहना आपको 5 घंटे के शारीरिक परिश्रम से अधिक थका सकता हैं क्योंकि बोलने में शारीरिक परिश्रम करने की अपेक्षा कहीं अधिक मांसपेशियों का उपयोग करना पड़ता है। इस प्रकार अत्यधिक बोलना या बातचीत करना भी मानसिक दबाव का कारण बन सकता है। यही कारण है कि मानसिक शांति पाने और दबाव से मुक्ति के लिए मौन रखने पर इतना बल दिया गया है।

अत्यधिक कार्यभार: अत्यधिक कार्य करने से भी मानसिक दबाव उत्पन्न हो

जाता है क्योंकि अनुकंपी स्नायु प्रणाली के बराबर उत्तेजित रहने से स्वयंसेवी तथा स्वचालित स्नायु प्रणाली के कार्यों में असंतुलन उत्पन्न हो जाता है।

मानसिक दबाव दूर करने के उपाय

स्पष्ट है कि निरन्तर उत्तेजित होने वाली अनुकंपी स्नायु प्रणाली से मानसिक तनाव-दबाव के प्रभाव को दूर करने की विधि सहअनुकंपी स्नायु प्रणाली की क्रिया में वृद्धि करना है। इसमें जो तकनीक सहायक होती है उसे सचेतन रहते हुए शिथिलीकरण (relaxation) कहा जाता है। इसमें मुख्य रूप से शरीर की रासायनिक अवस्था को सामान्य स्तर पर वापस लाने और मांसपेशियों की कठोरता को दूर करने का प्रयत्न किया जाता है। मांसपेशियों में यह तनाव या कठोरता वहां बराबर जमा होती रहने वाली ऊर्जा के कारण उत्पन्न हो जाती है। जब कभी हम भावनाओं का दबाव अनुभव करते हैं (उदाहरण के लिए आक्रामकता, अधैर्य, क्रोध, चिंता, भय आदि), उससे मानसिक तनाव-दबाव उत्पन्न होता है और वह हमारे शरीर के विभिन्न अंगों की मांसपेशियों में ऊर्जा के रूप में जमा होता रहता है।

शिथिलीकरण की विधियां

ध्यान: ध्यान द्वारा हम अपने मन को विभिन्न तकनीकों द्वारा शांत करते हैं। इसके फलस्वरूप हमारी सहअनुकंपी प्रणाली सक्रिय होकर शरीर के पहले से उत्तेजित सभी आंतरिक क्रिया-कलापों को शांत कर देती है।

मांसपेशियों को खींचने वाले व्यायाम: विभिन्न मांसपेशियों को खींचने (stretching) से उनमें जिन-जिन स्थानों पर तनाव या कठोरता होती है, वह दूर हो जाती है। इस प्रकार मानसिक तनाव-दबाव से जो मांसपेशियां पहले कठोर हो गई थीं इससे शिथिल हो जाती हैं। (मांसपेशियों को खींचने वाले विभिन्न व्यायामों (stretching exercises) के बारे में जानने के लिए मेरी पुस्तक **'Freedom from Cervical and Back Pain'** पढ़िये।)

एरोबिक व्यायाम: इन व्यायामों में शरीर तथा उसके विभिन्न अंगों को तीव्रता से गतिशील किया जाता है। गतिशीलता की ऊर्जा का उपयोग कर तनाव से कड़ी हो गई मांसपेशियों में रुकी हुई शक्ति को मुक्त करने में सहायता मिलती है।

मालिश: मालिश चिकित्सा में विभिन्न मांसपेशियों को धीरे-धीरे दबाया और छोड़ा जाता है जिससे मांसपेशियां ढीली पड़ जाती हैं और उनकी

मांसपेशियों को खींचने वाले व्यायाम

एरोबिक व्यायाम

कठोरता तथा तनाव दूर हो जाता है जिससे शारीरिक शिथिलता तथा आराम मिलता है।

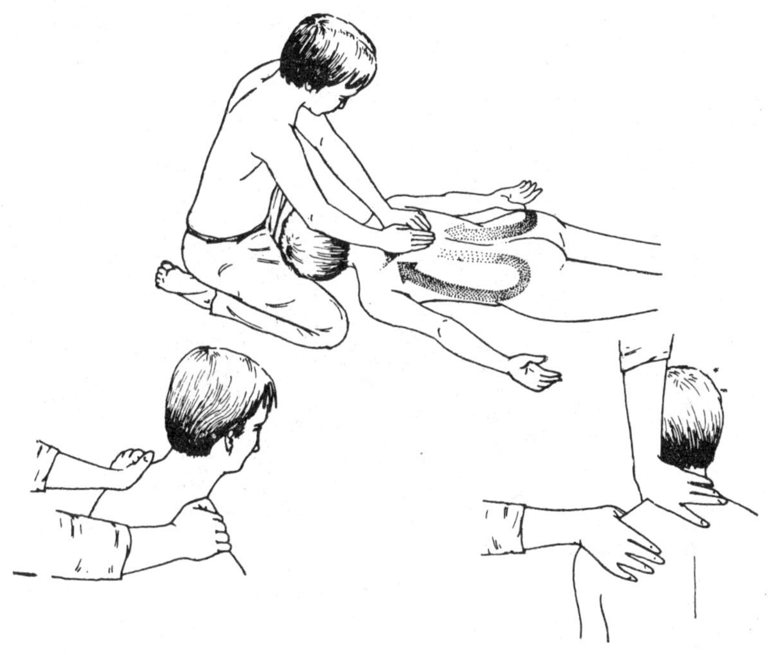

शरीर की मालिश

एक्यूप्रेशर: एक्यूप्रेशर चिकित्सा प्रणाली में शरीर के विभिन्न अंगों हाथों, पैरों चेहरे, मेरुदंड में स्थित बिंदुओं पर दबाव डाल कर शारीरिक ऊर्जा को (जिसे योग की शब्दावली में 'प्राण' कहते हैं) संतुलित किया जाता है। इस मूल ऊर्जा को संतुलित करके शरीर की कार्यप्रणाली के सभी असंतुलनों, मांसपेशियों की कठोरता को भी दूर किया जा सकता है और इससे शिथिलता तथा विश्राम की अवस्था प्राप्त होती है।

जल चिकित्सा तथा प्राकृतिक चिकित्सा की अन्य विधियां: थके और तनावग्रस्त तन-मन को हल्का करने और आराम पहुंचाने लिए जल बहुत प्रभावशाली होता है। जल चिकित्सा में भिन्न-भिन्न प्रकार के लाभ पहुंचाने के लिए अनेक विधियां हैं, लेकिन केवल ठंडे या गर्म पानी से स्नान करने भर से तन-मन में जो तरोताज़गी आ जाती है मात्र उससे ही हम जल की ताजगी देने की छिपी हुई शक्ति से संतुष्ट हो सकते हैं। सिद्धांतत: गर्म पानी मांसपेशियों

को आराम पहुंचाता है जब कि ठंडा पानी थके हुए स्नायुओं को नयी शक्ति तथा ताज़गी देता है। इसी प्रकार प्राकृतिक चिकित्सा की अन्य विधियों, जैसे ताजी वायु का स्नान, सूर्य स्नान, मिट्टी स्नान में भी हमें विश्राम देने और तरोताजा करने की शक्ति होती है।

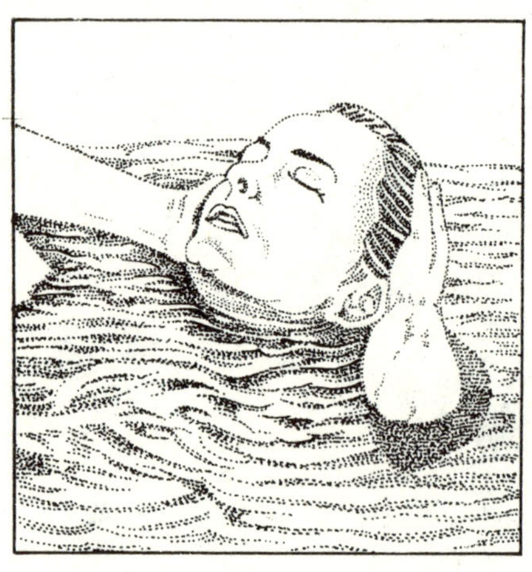

जल का तन-मन को तरोताज़ा करने का प्रभाव

योग निद्राः योग निद्रा में हम अपनी चेतना या मन को शरीर के विभिन्न अंगों में भ्रमण करवाते हैं। चेतना को जिस दिशा या अंग की ओर निर्देशित किया जाता है, वहां अधिक प्राण शक्ति का प्रवाह होने लगता है तथा असंतुलन दूर

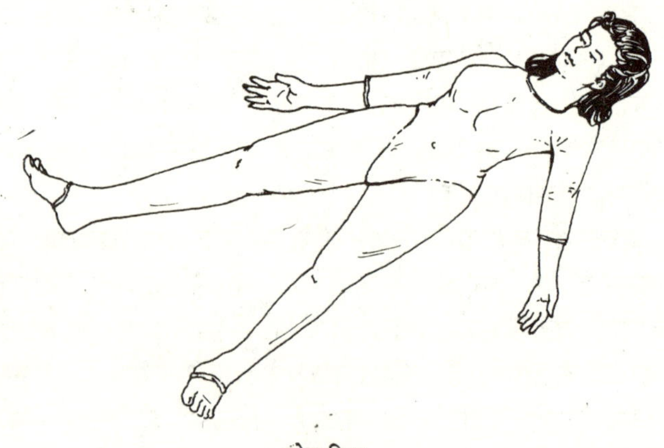

योग निद्रा

होता है। अतः केवल आंख बंद करके अपने मन को शरीर के विभिन्न भागों में केन्द्रित करके हम अपने शरीर को विश्राम दे सकते हैं। यदि इसमें आत्मसुझाव (मानसिक रूप से उस अंग को शिथिल/विश्राम की दशा में होने का सुझाव देना) को मानसिक एकाग्रता के साथ जोड़ दिया जाए, उसका प्रभाव और अधिक बढ़ जाएगा।

श्वास-प्रश्वासः सांस लेने की क्रिया हमारे तन-मन की दशा से गहरे तथा सूक्ष्म रूप से जुड़ी है। यदि हमारा शरीर और मनोमस्तिष्क तनावग्रस्त होगा, हमारी श्वास-प्रश्वास जल्दी-जल्दी, उथली, झटकेदार तथा लयहीन होगी। इसी प्रकार यदि हमारा तन-मन विश्रांति की अवस्था में है, श्वास-प्रश्वास धीमी, गहरी, लयमय और पेट से होगी। सजग रूप से श्वास-प्रश्वास को विश्रांति की स्थिति जैसा बना कर तथा विभिन्न प्राणायामों द्वारा, हम अपने शरीर और मन के असंतुलन को दूर कर सकते हैं और उससे विश्रांति या आराम की स्थिति प्राप्त कर सकते हैं। (विभिन्न प्रकार के प्राणायाम व श्वास-प्रश्वास की विधियां, जो आपके मनोमस्तिष्क को शांत करती हैं, को जानने के लिए मेरी पुस्तक **'How to Control Anger'** पढ़ सकते हैं।)

हंसीः एक अच्छी हंसी मस्तिष्क को हल्का कर देती है और चेहरे की मांसपेशियों को पूरी तरह तनाव रहित कर आराम देती है। यही नहीं वरन् शरीर की अन्य सभी मांसपेशियों को आंशिक रूप से विश्राम मिलता है क्योंकि एक अच्छी हंसी में पूरा शरीर आंदोलित होता है।

भोजन, पोषण और उत्सर्जनः यद्यपि इन पर विशेष ध्यान नहीं दिया जाता परंतु वे हमारे मानसिक दबाव के स्तर को बनाने में महत्वपूर्ण कार्य करते हैं। जैसा कि पहले समझाया जा चुका है कि कुछ प्रकार के भोजन हमारे मानसिक

दबाव की प्रणाली को सीधे सक्रिय कर देते हैं। इसी प्रकार भोजन की गलत आदतें जैसे भूख से अधिक खाना, बिना किसी कारण बीच-बीच में खाते रहना, बेमेल भोज्य सामग्रियों को खाना आदि हमारे शरीर की प्रणाली में असंतुलन उत्पन्न करता है जिसका परिणाम होता है मानसिक दबाव। इसी प्रकार यदि शरीर में बनने वाले विष और बेकार बचे गंदे पदार्थ उचित रूप से दूर नहीं होते अथवा बाहर नहीं निकलते, वे एक असंतुलन और मानसिक दबाव पैदा करते हैं। कभी-कभी व्रत रख कर और जीवविषों (Toxins) को दूर करने की अन्य विधियों जैसे वाष्प स्नान, एनीमा, हठयोग की शरीर को शुद्धीकरण की प्रक्रियाएं (जैसे कुंजल, नेति, त्राटक, कपालभाति) आदि अपना कर हम अपने ऐसे असंतुलनों को कम कर सकते हैं। वास्तव में पहले बताई गई तकनीकें जैसे मालिश, एक्यूप्रेशर, व्यायाम, प्राणायाम सभी जीव विषों को शरीर से प्रभावपूर्ण रूप से बाहर निकालने में सहायता देते हैं।

नृत्य तथा शरीर को हिलाना: नृत्य शरीर को विश्रांति देने में उसी प्रकार सहायता करता है जैसे एयरोबिक व्यायाम करते हैं। शरीर के विभिन्न अंगों

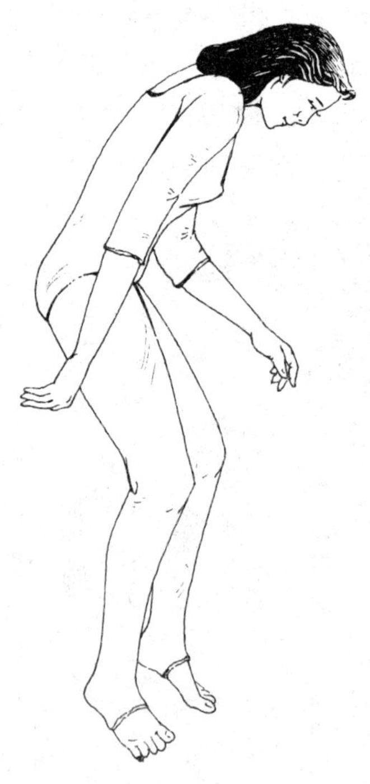

को जल्दी-जल्दी झटके के साथ हिलाने से भी उनका तनाव दूर होता है और वे शिथिल या ढीले पड़ते हैं।

झूलना: एक झूला (राकिंग) कुर्सी पर बैठिए और इधर उधर झूलिए। इससे तनाव घटता है। इसी प्रकार झूले में बैठ कर इधर उधर झूलने से भी तनाव कम होता है। वास्तव में इस प्रकार की क्रियाएं हल्केपन की अनुभूति उत्पन्न करती हैं जिससे मन की थकान दूर होती है और एक प्रकार के मानसिक आनन्द का अनुभव होता है।

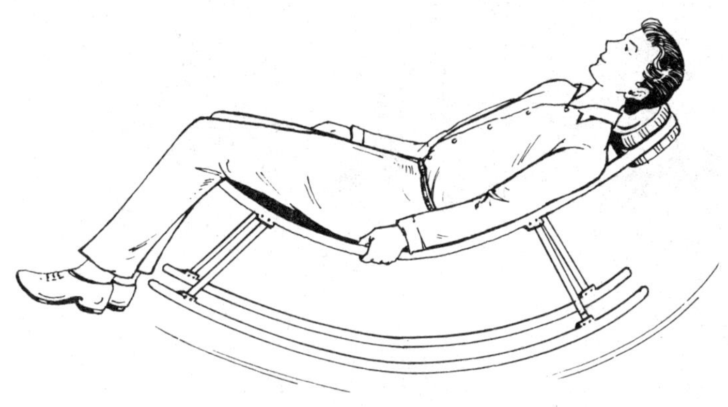

झूला (राकिंग) कुर्सी

संगीत: एक थके-हारे और तनाव ग्रस्त मन को राहत देने की महान शक्ति संगीत में निहित है। एक व्याकुल मन सुखद संगीत और गीतों में सरलता से केन्द्रित हो जाता है। वास्तव में आजकल 'संगीत चिकित्सा' एक भिन्न चिकित्सा प्रणाली के रूप में विकसित हो चुकी है। इसमें अलग-अलग प्रकार के संगीत का प्रयोग विभिन्न शारीरिक और मनोवैज्ञानिक विकारों को दूर करने के लिए किया जाता है। तथापि आप जब कभी भी बेचैनी अथवा उत्तेजना अनुभव करें तो आप कोई भी मधुर और शांतिदायक संगीत सुन सकते हैं।

प्रकृति का राहत भरा स्पर्श: जब कभी आप तनावग्रस्त हों तो प्रकृति के निकट जैसे बागों, जंगलों, पहाड़ों, नदियों, झीलों आदि के पास जाइए। खुले आकाश को देखिए, बादलों को निहारिए और सांस में ताजी हवा लीजिए।

पक्षियों के कलरव को सुनिए, बहती हुई हवा की ध्वनि को सुनिए। अपने शरीर पर सूर्य की रोगनिवारक किरणों को अनुभव करिए। खुले मैदान में बच्चों के साथ खेलिए।

नोट: मन, विचार और दबाव भिन्न-भिन्न नहीं हैं। वे क्रियात्मक रूप से एक दूसरे से जुड़े हैं। केवल व्याख्या करने की दृष्टि से उनका अलग-अलग वर्गीकरण पुस्तक में किया गया है।

4

मन को तनावमुक्त करने के लिए कुछ लेख

जीवन का अर्थ और उद्देश्य

कुछ लोग अपना जीवन इस प्रकार व्यतीत करते हैं मानो उन्हें अपने जीवन का समय जो भी कार्य सामने आ जाए उसे करते हुए किसी प्रकार पूरा करना है। वे जीवन के उस महान उद्देश्य को बिना समझे हुए जो हमारी सभी गतिविधियों के मूल में है, विचारहीन हो इधर-उधर दौड़ते रहते हैं। वे कोई कार्य शुरू करते हैं लेकिन कुछ समय बाद उससे ऊब जाते हैं और तब कोई दूसरा काम हाथ में ले लेते हैं। हममें से अनेक जीवन को इसी प्रकार गुजारते हैं। हम बिना किसी उद्देश्य के कभी एक दिशा में तो कभी दूसरी दिशा में घूमते रहते हैं और लाभ भरे जितने कार्यों को करना संभव है उतने करने का प्रयत्न करते रहते हैं। लेकिन जीवन में मिलने वाले अगणित विभिन्न स्थानों, घरों, नौकरियों, कठिनाइयों, संबंधों और योजनाओं से गुजरने के बाद भी हमारी समझ में नहीं आता कि यह सब क्यों तथा किसलिए। इस जीवन यात्रा में प्राय: कार्यों की समाप्ति के बाद जब हम पिछली घटनाओं के बारे में विचार करते हैं तो हमें यह सोच कर अचरज होता है कि इस सारी दौड़-भाग का क्या उद्देश्य है।

हम विश्वास करते हैं कि इस प्रकार के बहुत से अनुभवों का संग्रह करके हम अपनी मानसिक सजगता तथा चेतना की वृद्धि करते हैं परंतु वास्तव में होने वाली प्रक्रिया ठीक इसके विपरीत है। चेतना का विकास केवल त्याग तथा सहज भाव को अपनाने से ही होता है। चेतना का विकास अनुभवों का संख्यात्मक संग्रह से नहीं वरन् अपनी चेतना में गुणात्मक परिवर्तन करने से होता है।

जीवन के प्रति इस उद्देश्यहीन दृष्टिकोण का कारण यह है कि अधिकांश मनुष्यों की चेतना पूरी तरह विसकित नहीं होती। प्राय: उनकी चेतना का क्षेत्र और केन्द्र सीमित होता है जिसके कारण वे चीजों को उनके पूर्ण रूप में नहीं देख पाते। उनकी चेतना की उपमा एक छोटे से प्रकाश से दी जा सकती है जो आस-पास के छोटे से क्षेत्र को प्रकाशित करती है। दूसरे शब्दों में अधिकांश मनुष्यों की चेतना केवल आंशिक रूप से जाग्रत होती है।

चेतना का विकास इसमें नहीं कि एक छोटे से प्रकाश को लेकर यात्रा की जाए जिससे विराट अज्ञात का केवल एक छोटा सा टुकड़ा प्रकाशित हो। यह तो अपनी चेतना में इस प्रकार का विस्तार है जिसमें प्रत्येक वस्तु को संपूर्ण रूप से उनके पूरे परिप्रेक्ष्य में समझा और मूल्यांकन किया जा सके और जिसमें आंशिक तथा विकृत सत्य की कोई गुंजाइश न हो।

हमारे जीवन का मूल लक्ष्य चेतना की उस उच्चतम स्थिति को पाना है जहां वह पूरी तरह विकसित और विस्तृत हो जाती है। इस स्थिति में हमारा व्यक्तित्व (identity) संकुचित या सीमित नहीं रहता वरन् अपने में सबको समा लेता है। तब हर चीज इसके वास्तविक और शुद्ध रूप में भली प्रकार जानी तथा समझी जा सकती है। विकास की प्रक्रिया में हम चाहे कितने परिवर्तनों से गुजरें परन्तु हमारे जीवन का यह मूल लक्ष्य दृढ़ रहना चाहिए। यही हमारे जीवन को सार्थकता तथा दिशा प्रदान करता है।

चेतना का विस्तार होने पर जो मुख्य परिवर्तन होते हैं उनमें से एक है स्वार्थ भाव का निस्वार्थ में बदल जाना। जब चेतना का प्रकाश संकुचित होता है तो उसकी सीमा में जो कुछ नहीं आता वह पराया होता है। अत: जिस व्यक्ति की चेतना भली प्रकार विकसित नहीं हुई है वह दूसरों के दृष्टिकोण और हितों को समझने के योग्य नहीं होगा। ऐसे व्यक्ति के जीवन में पर्याप्त संघर्ष होगा। लेकिन जैसे-जैसे चेतना का विस्तार होता है, अपने स्वार्थों के प्रति हमारा ध्यान कम होता जाता है और हम अपने छोटे-छोटे व्यक्तिगत हितों की चिन्ता नहीं करते।

जब चेतना का शनै: शनै: विकास होता है, हम ऐसी उच्च स्थिति पर पहुंच जाते हैं जहां से चीजों को एक बड़े दृष्टिकोण तथा पृष्ठभूमि में देखा जा सकता है। इससे हम उन चीजों को उनके वास्तविक रूप में देखने के योग्य बनते हैं, फिर हमें वे वैसी नहीं दिखती जैसी हमने अपने संकुचित दृष्टिकोण से कल्पना की होती है। इसके फलस्वरूप हम चिन्ताओं और व्यथाओं से मुक्त हो जाते हैं। चेतना के विकास के साथ ही व्यक्ति के विचार, भावनाएं,

दृष्टिकोण में व्यवस्थित रूप से रूपांतरण होता है। संसार और लोग वही रहते हैं परन्तु उन्हें देखने का हमारा दृष्टिकोण पूरी तरह परिवर्तित हो जाता है।

जब चेतना निम्न स्तर पर रहती है, व्यक्तित्व पूरी तरह सीमित और संकुचित रहता है। ऐसे व्यक्ति का जीवन सदा 'मैं' 'मुझे' और 'मेरा' से घिरा रहता है। इसके परिणामस्वरूप जो मेरा नहीं है उससे एक पृथकता का भाव उत्पन्न होता है और इस पृथकता या भेद से कष्ट, टकराव और कभी-कभी अकेलेपन की भावना का जन्म होता है। अलगाव का अनुभव चिन्ताएं उत्पन्न करता है। वास्तव में यह सभी चिन्ताओं का स्रोत है। संकटों से भरे इस विशाल संसार में व्यक्ति की चेतना जितनी संकुचित होगी वह उतना ही अपने को असुरक्षित अनुभव करेगा। वह अपने को एक ऐसे एकाकी व्यक्ति के रूप में देखता है जो शेष संसार के विरुद्ध संघर्ष कर रहा है। ऐसा व्यक्ति मुख्य रूप से अपनी सुरक्षा के लिए कार्य करता है और उसकी मुख्य चिन्ता आत्म संरक्षण पाना होती है।

योग और आध्यात्मिकता हमें अपनी सीमित चेतना के पार जाकर एक अधिक विस्तृत चेतनता को उपलब्ध करने में सहायता करती है और अंततः हमें हमारे मूल स्वरूप में स्थित करती है जिसमें शांति, सुख एवं आनन्द है। चेतना का विकास होने पर अपने स्वार्थों की चिन्ता कम हो जाती है और दूसरों के हितों के प्रति ध्यान बढ़ जाता है। जब ऐसा थोड़े से रूप में भी घटित होता है, हममें हल्केपन और खुलेपन की भावना आती है। हममें इसके लिए सजगता आती है कि कैसे हर जीव एक दूसरे से संबंधित हैं। अपने तथा दूसरों के बीच्च हमारे अलगाव की भावना धीरे-धीरे कम होती जाती है। तब हम अपने जीवन को केवल अपने लिए नहीं वरन् सबके हित के लिए जीते हैं।

संकुचित चेतना का व्यक्ति अपने जीवन के अधिक विस्तृत आदर्श को नहीं देख सकता। किसी को कुछ देते हुए वह ऐसा अनुभव करता है मानो उसका अपना ही कुछ अंश खो गया हो। लेकिन विस्तृत चेतना वाला व्यक्ति अपने को संपूर्ण के साथ घनिष्ठता से जुड़ा हुआ देखता है। वह असुरक्षा या अकेलेपन के भाव से कार्य करने के बजाय संपूर्ण के साथ सबंधित तथा पूर्णता की भावना से काम शुरू करता है। उसे केवल अपने लिए कार्य करने और जीने का विचार बिलकुल बेतुका लगता है।

यदि हम अपनी चेतना का विकास करना चाहते हैं तो हमें 'मैं' और 'मेरा' की मानसिकता को धीरे-धीरे छोड़ना होगा। इस प्रकार की मानसिकता

संघर्ष और दुख की ओर ले जाती है। यद्यपि संसार की प्रत्येक वस्तु की स्पष्टत: एक अलग सत्ता है परंतु जब हम उसके मूल स्वरूप पर जाते हैं तो वहां पाते हैं कि स्पष्ट रूप से दिखाई देने वाली ऊपरी विभिन्नता के मूल में एकता तथा एकरूपता विद्यमान है। सभी योगों और आध्यात्मिकता का लक्ष्य चेतना के विकास से व्यक्ति को विश्वव्यापी स्तर तक पहुंचाना है।

जीवन के सुख-दुख

एक सामान्य व्यक्ति का जीवन निरन्तर दुखों को दूर करने और सुखों को आकर्षित करने में व्यतीत हो जाता है। वह सुखद अनुभवों को दोहराने का प्रयत्न करता है और उन वस्तुओं, लोगों और स्थितियों का अभ्यस्त या आदी हो जाता है जिन्होंने उसे सुख दिया था। वह उत्कट रूप से उन्हें पकड़े रहना चाहता है, साथ ही जो कुछ भी कष्टदायक अथवा दुखद है उससे बचता है और इस प्रक्रिया से गुजरने के मानसिक दबाव को सहन करता है। उदाहरण के लिए जब वह सुख की वस्तु को प्राप्त करने में सफल नहीं होता, उसकी भावनाओं में उथल-पुथल मच जाती है जो उसके मन को आन्दोलित कर देती है। कभी-कभी दुख से बचने और सुख को पाने के पागलपन में वह दूसरों के हितों तथा आवश्यकताओं की उपेक्षा कर जाता है और इस प्रकार अपने संबंधों में एक संघर्ष पैदा कर लेता है। जब कभी सुख की खोज में वह अपनी अंतरात्मा और सही निर्णय को जानते हुए भी उनके विरुद्ध कार्य कर जाता है। इस प्रकार वह आंतरिक संघर्ष (मानसिक संघर्ष) भी पैदा कर लेता है। इस प्रकार व्यक्ति सुखों के प्रति आकर्षण और दुखों के प्रति प्रतिकूलता रखते हुए सुख-दुख के चक्र में घूमता रहता है तथा अपरिहार्य रूप से निरन्तर मानसिक दबाव में रहता है; वह जीवन के अंत में यह अनुभव करता है कि वह बराबर दौड़ता रहा और वह सारी दौड़-धूप बेकार सिद्ध हुई तथा सारा जीवन बेकार की चीजों का पीछा करने में नष्ट हो गया।

सुख-दुख की प्रकृति

सुख-दुख के पंजों से अपने को मुक्त करने के लिए सबसे पहले सुखों-दुखों की प्रकृति और उनका दर्शन समझना आवश्यक है। निम्नलिखित तथ्य इस विषय पर प्रकाश डालेंगे।

सुख-दुख एक दूसरे से अलग नहीं किये जा सकते: सुख-दुख जुड़वा बच्चों की तरह हैं। वे एक ही सिक्के के दो पहलू हैं। जहां एक होता है वहां

दूसरा भी अवश्य होगा। यह सांसारिक चीजों की प्रकृति में अन्तर्निहित है कि उनसे मिलने वाला सुख-दुख से मिश्रित होता है। इसे सिद्ध करने के लिए कोई बड़े दृष्टांत की आवश्यकता नहीं। हम इसे अपने दिन प्रति दिन के जीवन में नित्य अनुभव करते रहते हैं।

सुखों और दुखों की प्रकृति अस्थायी है: इसके अर्थ यह हैं कि न सुख स्थायी है और न दुख। वे क्षणभंगुर हैं। वे सदा परिवर्तनशील और स्थानान्तरित होने वाले हैं। सुख देने वाली वस्तुएं और अनुभव उसी दशा में और सदैव हमारे साथ नहीं रह सकते। ऐसा संसार की परिवर्तनशील प्रकृति के कारण है जहां कोई भी वस्तु अचल नहीं रहती। यदि हर वस्तु अपने निश्चित समय में परिवर्तित और नष्ट होने वाली है तब उनसे मिलने वाला सुख-दुख कैसे स्थाई रह सकता है।

कुछ समय बाद सुख, सुख नहीं रह जाता: यह हमारे जीवन का सामान्य अनुभव है कि एक ही चीज हमें लंबे समय तक सुख नहीं दे सकती। उदाहरण के लिए मान लीजिए कि आप कोई मिठाई खाने के लिए बहुत लालायित हैं। कुछ समय तक आपको इसको खाने का अनुभव बहुत अच्छा लगेगा। लेकिन एक ऐसी स्थिति आएगी जब आपको उसकी चाह बिलकुल नहीं रहेगी और यदि उसे जबर्दस्ती दिया जाए, आपको उससे घृणा हो जाएगी तथा आप बमन कर देंगे। इसके दूसरे उदाहरण के लिए मान लीजिए आप किसी स्थान को देखने के लिए बहुत उत्सुक और उत्तेजित हैं। प्रारंभ में आपको उस स्थान को देखने से बहुत खुशी तथा सुख मिलेगा लेकिन एक ऐसी स्थिति आएगी जब आप उस स्थान पर रहने में उकताहट अनुभव करने लगेंगे। आप वहां से वापस आना चाहेंगे। सभी सुखों के साथ ऐसा ही होता है। वे थोड़े समय तक रहते हैं और केवल अस्थाई रूप में संतोष देते हैं तथा कुछ समय पश्चात नीरसता और बोरियत में बदल जाते हैं। दूसरे शब्दों में हम कह सकते हैं कि सुख के प्रत्येक अनुभव का एक शिखर अनुभव होता है और उसके बाद वह सुख नहीं रह जाता।

आपको जितना अधिक सुख मिलता है उतनी ही अधिक आपको उसकी चाहत होती है: संसार के सुखों की यह दूसरी प्रकृति है कि उनसे आपको जो अस्थाई मजा मिलता है वह आपको और अधिक बेचैन तथा निराश बनाता है जिससे आप उन मजेदार अनुभवों को बार-बार दोहराना चाहते हैं। आप उन अनुभवों को जितना दोहराते हैं, उतनी ही उन्हें बार-बार दोहराने की आपकी इच्छा बढ़ती जाती है और यह तब तक बढ़ती जाती है जब तक कि ये सुख

आप पर पूरी तरह अधिकार नहीं कर लेते और आपको नष्ट नहीं कर देते। सुखों से व्यक्ति को कभी संतोष नहीं मिल सकता, उनसे तो केवल असंतोष मिलता है जो और अधिक सुख पाने के लिए प्रेरित करता है। वह खाज की बीमारी की तरह है जो खुजलाने से बढ़ती जाती है, वह एक आग की भांति है जिसमें जितना ईंधन डालो उतनी ही तीव्र होती जाती है। वास्तव में सुखों के प्रति आसक्ति नशे की लत पड़ जाने की तरह है जिसमें हम अपनी आवश्यकताओं को संतुष्ट करने के लिए मजे का ऊंचे से ऊंचा स्तर पाने के लिए बराबर प्रयत्न करते रहते हैं।

सुखद वस्तुओं की प्राप्ति के लिए एक अंतहीन दौड़: जब आप सुख देने वाली एक वस्तु का उपभोग करते-करते कुछ समय बाद ऊब जाते हैं, बात वहीं समाप्त नहीं होती। आप उसके उपरान्त चुप नहीं रहते। आप सुख देने वाली दूसरी वस्तु की खोज शुरू कर देते हैं। मन निरंतर भिन्न-भिन्न प्रकार के सुखद अनुभवों से उत्तेजित रहना चाहता है। उदाहरणार्थ यह मान लेते हैं कि आप एक आइसक्रीम कोन खाने की इच्छा करते हैं। आइसक्रीम कोन खाने की इच्छा पूरी हो जाने के बाद आपको एक क्षण का संतोष मिलता है। लेकिन इसके बाद शीघ्र ही आपका मन सुख देने वाली दूसरी वस्तु की खोज शुरू कर देता है। आप विचार करने लगते हैं कि अब मैं क्या करूं? क्या मैं सिनेमा देखने जाऊं? आप इस इच्छा की भी पूर्ति कर लेते हैं और फिर आपको क्षणिक संतोष प्राप्त होता है लेकिन इसके बाद फिर पुनः असंतोष और नई चीज की खोज शुरू हो जाती है। इस प्रकार आपका मन निरन्तर व्यस्त और बेचैन रहता है। आपका संपूर्ण जीवन एक संतोष के बाद दूसरे संतोष को पाने की प्रक्रिया में समाप्त हो जाता है। आप बेचैनी से भरे सागर में सुखों के छोटे-छोटे द्वीपों को खोजते रहते हैं।

सुख मन में है वस्तु में नहीं: सुखों का रसास्वादन या मज़ा लेने में मन सबसे महत्वपूर्ण भूमिका निभाता है। यह मन ही है जहां हम सुख का अनुभव करते हैं। वस्तुओं की भूमिका दूसरे स्तर की है। मान लीजिए आप किसी वस्तु का सुख प्राप्त कर रहे हैं और आपको कोई दुखद समाचार सुनाई पड़ता है, या अचानक आपके मन में कोई भयानक विचार उठ खड़ा होता है, तब उसी क्षण वही चीज जो पहले आपको सुख दे रही थी, सुखहीन हो जाती है। इसी प्रकार यदि आपका मूड या मनोदशा अच्छी नहीं तब आप सुख को पहले वाले रूप में नहीं भोग सकते। ठीक इसी भांति विभिन्न सांसारिक वस्तुओं और घटनाओं से मिलने वाले दुख मन में ही अनुभव होते हैं। आप अपने मन की पीड़ा अथवा दुख को

बढ़ा अथवा घटा सकते हैं, यह इस तथ्य पर निर्भर करता है कि आप उनके प्रति कैसी प्रतिक्रिया करते हैं और क्या आप उन्हें हल्के रूप में लेते हैं अथवा गंभीरता से।

सुखों का रसास्वादन करने की अपेक्षा उनको पाने के प्रयत्नों में अधिक समय लगता है: यह एक सामान्य अनुभव की बात है कि जो व्यक्ति सदैव सुखों के पीछे भागता रहता है, वह अपना अधिकांश समय उनको पाने के प्रयत्नों में लगा देता है और उनका रसास्वादन करने के लिए उसके पास बहुत थोड़ा समय रहता है। वह बेचैनी और तनाव की स्थिति में रहता है और सुखों का पीछा करने में इतनी शक्ति खर्च कर देता है कि जब सुख देने वाली वस्तुएं उसे प्राप्त होती हैं, उसमें उनका पूरी तरह उपयोग करने की शक्ति नहीं रहती। जब प्रयत्न करने के बाद भी उसे अपने सुख की वस्तु नहीं मिलती तब उसके मन की दशा क्या होती है, इसे आप सरलता से विचार सकते हैं।

वास्तविक सुख काल्पनिक सुख की अपेक्षा सदैव कम होता है: हम सभी नित्यप्रति यह अनुभव करते हैं कि किसी वस्तु व्यक्ति, स्थान या स्थिति के संपर्क में आने से प्राप्त होने वाला हमारा वास्तविक सुख उस सुख से कहीं कम होता है जिसकी हमने पहले कल्पना की होती है। कल्पना वस्तुओं को सदैव बड़े और विस्तृत रूप में दिखाती है जो वास्तविकता से भिन्न होता है।

सुख से पहले जो मज़ा हमें मिलता है बाद में उससे कहीं अधिक दुख मिलता है: यद्यपि जैसा कि हम पहले कह चुके हैं प्रत्येक सुख में दुख मिला होता है तथापि यदि आप ध्यान से निरीक्षण करें तो पाएंगे कि सुखों से मिलने वाले रसास्वादन या मज़े की मात्रा उससे मिलने वाले दुख की मात्रा से कहीं कम है। दूसरे शब्दों में वास्तविकता यह है कि सुखद साधनों से शुरू में हमें जो सुख मिलता है उससे कहीं अधिक बाद में दुख मिलता है। सुख की वस्तु या लक्ष्य को पाने के प्रयत्नों में कष्ट की कुछ मात्रा तो आपको पहले ही भोगनी होगी और उससे भी कहीं अधिक दुख होगा सुखद अनुभव समाप्त हो जाने के उपरान्त, उसके परिणाम स्वरूप। उदाहरण के लिए मान लीजिए कि आप कोई मसालेदार भोजन या नाश्ता खाकर अपनी जिह्वा की लालसा पूरी करना चाहते हैं। अब इसके लिए सबसे पहले आपको आवश्यक दुकान तक जाने का कष्ट उठाना पड़ेगा। इसके बाद आपको वहां 'क्यू' में लग कर अपनी बारी आने तक की प्रतीक्षा करनी पड़ेगी। आप वहां के वेटर या और किसी व्यक्ति से झगड़ सकते हैं क्योंकि वह आपको सही समय पर सही रीति से भोजन देने में

सहयोग नहीं कर रहा अथवा आपको उचित स्थान नहीं दे रहा। खाना आने के बाद आप यह पा सकते हैं कि कुछ खाद्य ठीक से नहीं तैयार किए गए। किसी प्रकार अंततः भोजन कर लेते हैं और उस क्षणभंगुर सुख को पाने के बाद उसका भावी परिणाम यह हो सकता है कि मसालेदार और चिकनाई युक्त भोजन आपके स्वास्थ्य पर खराब प्रभाव डाले। आपका पेट खराब हो सकता है, आपको अपच या पेट में जलन हो सकती है अथवा वमन हो सकती है। दूसरा कष्ट यह हो सकता है कि आपको उसी प्रकार का भोजन करने की फिर से लालसा होने लगे।

इस संबंध में दूसरा दृष्टांत यह दिया जा सकता है कि मान लें आप किसी व्यक्ति पर आसक्त हैं और उसके साथ रहना चाहते हैं। अब मान लीजिए कि आप उसके साथ रहने में सफल हो जाते हैं, तब आपको उस स्त्री/पुरुष के व्यवहार/आदतों के ऐसे रूप भी मिलेंगे जो आपको बुरे लगेंगे और आपको उन्हें सहना पड़ेगा। इसके अतिरिक्त जब ऐसा स्त्री/पुरुष किसी अपरिहार्य कारण से, अथवा वैसे ही आपका साथ कुछ समय के लिए छोड़ कर जाएगा, आपको उसके अलग होने से फिर मानसिक पीड़ा होगी।

सच्चा सुख कैसे प्राप्त किया जा सकता है?

उपर्युक्त विवरण से आपको यह पूरी तरह स्पष्ट हो जाएगा कि संसार के सुखों में कोई स्थाई संतोष नहीं पाया जा सकता। ***इनसे मन की केवल बेचैनी और परेशानी ही बढ़ सकती है। तब सच्चा सुख और मानसिक शांति किस प्रकार प्राप्त की जाए?***

सच्ची खुशी या सुख वस्तुओं में नहीं रहती वरन् मन की दशा में होती है जो कि इन वस्तुओं से स्वतंत्र है। यह (सच्चा सुख) हमारी आत्मा की अन्तर्निहित संपत्ति है और इसे ध्यान द्वारा अपने मन की एकाग्रता को बाह्य संसार से मोड़ कर आन्तरिक जगत (अपने सच्चे स्वरूप) पर केन्द्रित करना सीख कर प्राप्त किया जा सकता है। बहुत से लोग यह अनुभव करते हैं कि वस्तुओं को प्राप्त करने के लिए किए गए प्रयत्नों के अभाव में हम खालीपन और उकताहट की स्थिति में पहुंच जाएंगे। यह गलत धारणा सांसारिक वस्तुओं के उपयोग को मानसिक संतोष का स्रोत मानने पर आधारित है। उन्होंने इस तथ्य का अनुभव नहीं किया है कि सांसारिक वस्तुओं के बिना भी प्रसन्नता प्राप्त की जा सकती है। आनंद, शांति और सुख का वास्तविक स्रोत हमारे अपने ही अंदर है तथा उसे पाने के लिए हमें कहीं या किसी के पास जाने की आवश्यकता नहीं है।

तथापि इसका यह अर्थ नहीं कि हमें संसार त्याग देना चाहिए अथवा भौतिक वस्तुओं से घृणा करनी चाहिए। भौतिक वस्तुएं अपने आपमें कोई समस्या नहीं, यह हमारी उनके प्रति आसक्ति है जो समस्या बन जाती है। योग भौतिक वस्तुओं के प्रति एक स्वस्थ दृष्टिकोण अपनाने को प्रोत्साहित करता है। वह हमें भौतिक वस्तुओं के सुखों का अनुभव उठाने के लिए उनका उपयोग अपने लक्ष्यों को सिद्ध करने के लिए उत्साहित करता है लेकिन साथ ही उनसे अनासक्त रहने की शिक्षा देता है। हमें उनका उपयोग अपने सेवकों की तरह करना चाहिए लेकिन उन्हें अपना स्वामी बनने और अपने ऊपर शासन करने की अनुमति नहीं देनी चाहिए।

एक बार जब हम सांसारिक पदार्थों और घटनाओं के प्रति अनासक्ति और तटस्थता का भाव अपना लेते हैं तो सुख और दुख के बंधनों से स्वत: मुक्त हो जाते हैं। इस प्रकार हम सुख-दुख के कठोर बंधनों से स्वतंत्रता प्राप्त कर लेते हैं। हम सभी सुखों-दुखों के प्रति समबुद्धि का गहरा विकास कर लेते हैं और कठोरतम विरोधी परिस्थितियों में भी संतुलित रहते हैं, तब हम खुशी से अधिक उल्लसित नहीं होते और दुख या हानि होने पर अवसाद से ग्रस्त नहीं होते। कोई भी सांसारिक स्थिति हमारी आंतरिक शांति तथा संतुलन को बिगाड़ नहीं सकती। गीता भी कहती है, ''संसार में मिलने वाले सुखों के अंदर आने वाले दुखों का ध्यान रखो। वे आते-जाते रहते हैं, वे अस्थायी हैं, ज्ञानीजन उनमें आसक्त नहीं होते। वास्तव में ज्ञानी व्यक्ति जानबूझ कर इन्द्रिय सुखों को पाने का प्रयत्न नहीं करते और इस प्रकार उनमें निहित दुखों से मुक्त बने रहते हैं क्योंकि दुख तभी होगा जब सुख होगा। यह एक बहुत सरल नियम है कि अगर आप दुख नहीं चाहते तो सुखों के पीछे भागना छोड़ दीजिए।

अत: सुख के स्वाद के प्रति आसक्त होने और दुख को दूर ढकेल कर सुख को पकड़े रहने के बजाय उनको केवल एक तटस्थ निरीक्षक की भांति देखिए और अपने मन पर पूरा नियंत्रण रखते हुए उनको आते-जाते हुए देखिए।

जीवन की समस्याएं और सीमाएं

समस्याएं जीवन का अभिन्न अंश हैं

समस्याएं जीवन का अभिन्न अंश हैं जिनका कभी अंत नहीं होगा। एक समस्या जाती है तो दूसरी आ जाती है। यह जीवन की एक प्राकृतिक चक्रीय प्रक्रिया है। जीवन का ढांचा ही ऐसा है। आप कुछ समस्याओं का सामना

करेंगे तथा और अधिक विकास करने के लिए आवश्यक पाठ सीखेंगे। ऐसा केवल आपके साथ नहीं है, प्रत्येक के साथ है। कोई भी व्यक्ति ऐसा नहीं जिसे किसी न किसी प्रकार की समस्या न हो।

किसी के लिए भी यह विचार अथवा कल्पना करना समझदारी नहीं होगी कि उसका जीवन बहुत आरामदायक हो और उसमें कोई समस्या न रहे। इस तथ्य को मान कर चलिए की जीवन में सदैव उतार-चढ़ाव आते रहेंगे और ऐसी घटनाएं होती रहेंगी जिनकी आपने आशा नहीं की है। आपको किसी भी बात का सामना करने के लिए तैयार रहना होगा। जीवन का यह एक प्राकृतिक नियम है। वास्तव में यदि व्यक्ति के जीवन में समस्याएं और चुनौतियां न रहें तो वह उकताहट के कारण मर जाए। अत: हमें समस्याओं के साथ खुशी से रहना सीखना चाहिए। यदि हम समस्याओं का स्वागत करना सीख सकें तो हम पर उनका बंधन नहीं रहेगा और हम उनके सेवक बनने के बजाय स्वामी बन जाएंगे।

समस्याएं हमें निश्चित शिक्षाओं को देने के लिए आती हैं; अंतत: वे हमारी भलाई के लिए होती हैं

जीवन में हम जिन विभिन्न समस्याओं, पीड़ाओं और कष्टों का सामना करते हैं उनके प्रति यह दार्शनिक विचार विकसित करने का प्रयत्न करिए कि वे हमें भयभीत करने के लिए नहीं आयी हैं। इन समस्याओं को आकाश से अचानक आ जाने वाले भार की भांति मत समझिए। वे हमारे पास कुछ निश्चित नियमों के अनुसार आई हैं इस संसार में ऐसा कुछ नहीं जो दुर्घटना या अवसर वश घटित होता हो। आपके साथ जो भी घटित होता है उसका एक कारण होता है। आप कारण और उसके प्रभाव अथवा कर्मफल के महान संबंध से बंधे हैं। प्रत्येक प्रभाव या फल का मूल कोई न कोई कारण अथवा कर्म है और प्रत्येक कर्म या कारण का एक फल अथवा प्रभाव है।

वास्तव में ये कष्ट और पीड़ाएं ही वे वस्तुएं हैं जिनकी हमें अपना विकास करने तथा अपने को शक्तिशाली बनाने के लिए आवश्यकता है और जिनका हममें अभाव है। वे हमारी परीक्षा के समय हैं और उनसे परेशान होने की बजाय, हमें कुछ क्षण रुक कर अपना मूल्यांकन तथा आत्मविश्लेषण करना चाहिए और उनसे आवश्यक पाठ सीखना चाहिए। हम जीवन की प्रत्येक कठिनाई/समस्या से कुछ लाभ तथा शिक्षा निकाल सकते हैं और उसका उपयोग अपने लाभ के लिए कर सकते हैं। यह जीवन का एक आश्चर्यजनक नियम है।

यदि हम इन कष्टों का विरोध करते हैं और उनके लिए अपनों तथा दूसरों को दोष देते हैं तो उससे कार्य एवं कारण की नई श्रृंखला को जन्म देकर स्थिति को और अधिक बिगाड़ देते हैं। स्मरण रखिए कि जीवन में हमारे साथ हर चीज केवल हमारी अच्छाई के लिए घटित होती है। ऊपर से स्पष्ट रूप से दिखने वाली क्रूर और प्रतिकूल परिस्थितियों में परमात्मा की अनंत करुणा छिपी होती है, यदि हम इस विषय पर उचित रूप से विचार करें, तो हमें उसका अनुभव हो सकता है।

वास्तव में, आपको सभी समस्याओं को रुकावटों के रूप में नहीं वरन नए अवसरों और योजनाओं के रूप में समझना चाहिए। उनको कोई अनजानी या बाहरी चीज न समझिए बल्कि जैसे आप किसी नए कार्य या प्रोजेक्ट को एक एक कदम आगे बढ़ कर पूरा करते हैं उसी प्रकार करिए। जितनी जल्दी आप उन्हें अपने जीवन के विभिन्न पहलुओं का एक अंग मान लेंगे उतना ही अच्छा होगा, वे कष्ट देने के बजाय आपकी सेवक और सहायक बन जाएंगी और तभी आपके मन को शांति मिलेगी। जैसे-जैसे आप जीवन से मिलने वाली शिक्षाओं को सीखेंगे, आपके जीवन की समस्याएं भी उसी अनुपात में कम होती जाएंगी और जैसा कि आप कुछ संतों के साथ देखते हैं, आपका जीवन भी अधिक शांतिपूर्ण बनता जाएगा।

समस्याएं अपने समाधानों के साथ आती हैं

जीवन का यह एक सामान्य अनुभव है कि जब हमारे पास समस्याएं आती हैं तो उसके साथ उनके समाधान भी आते हैं। इसका कारण यह है कि परमात्मा द्वारा समस्याएं हमें भयभीत करने, परेशान करने अथवा दंड देने के लिए नहीं भेजी जातीं। समस्याओं का उद्देश्य हमारे उन गुणों और सुंदर पक्षों को प्रकाश में लाना होता है जो अभी तक सोये हुए हैं, इसके साथ ही वे हमारे व्यक्तित्व की अवांच्छित विशेषताओं को दूर करती हैं।

हमें कभी ऐसा भार नहीं दिया जाता जिसका हम वहन नहीं कर सकें। यदि आप अपने पिछले जीवन पर दृष्टि डालें तो आप अवश्य ही यह पायेंगे कि यद्यपि आपको अनेक समस्याओं का सामना करना पड़ा तथापि आप सदैव उनका हल पा लेते थे। ऐसा कम ही हुआ होगा कि कोई समस्या आपकी उन्नति का मार्ग रोक कर खड़ी हो गई हो और आप उससे आगे नहीं निकल पाए हों। इन सत्यों तथा दी गई समस्याओं के पीछे निहित परमात्मा की उदारता को जानने के पश्चात हमें साहस नहीं छोड़ना चाहिए और समस्याओं

के सामने अपना नैतिक बल कम नहीं करना चाहिए। हमें उनका इस विश्वास के साथ सामना करना चाहिए कि वे चाहे कितनी गंभीर हों, हम उनको हल कर सकते हैं।

कोई भी समस्या स्थायी नहीं

हमें यह भी बोध होना चाहिए कि हमारे सामने आने वाली कोई भी समस्या स्थायी नहीं है, वे गुजर जाएंगी। इस संसार में कुछ भी स्थायी नहीं रहता। प्रत्येक वस्तु निरंतर गतिशील तथा परिवर्तित होने की स्थिति में है। ऐसा ही नियम है। अंधकार के बाद प्रकाश आता है। सदैव एक सी स्थिति कभी नहीं रह सकती। यह जीवन की प्रकृति में निहित है। इस सत्य का बोध होने के बाद समस्याओं के सामने व्यक्ति को कभी निराशावादी या उत्साहहीन नहीं होना चाहिए।

समस्याओं से भागो नहीं, उनका साहस से सामना करो। उनसे मुक्त होने का तरीका उनसे भागना नहीं है। यदि आप उनसे बचने का प्रयत्न करेंगे तो वे आप से और अधिक चिपकेंगी। उनसे सिर के बल अर्थात पूरी शक्ति से भिड़ जाइये और उन्हें चकनाचूर कर दीजिए।

कोई भी समस्या आपसे बड़ी नहीं

यह स्मरण रखिए कि इस संसार में ऐसी कोई समस्या नहीं जिसमें आप से अधिक शक्ति हो और जिसे हल नहीं किया जा सकता हो। प्रत्येक चीज को शांति के साथ स्वीकार किया और निपटाया जा सकता है। ऐसा कुछ नहीं जिसे महाविपत्ति कहा जा सके। अतः आपको समस्याओं को अपना सेवक समझते हुए उनसे निपटना तथा नियंत्रित करना चाहिए और कभी भी उन्हें अपना मालिक नहीं बनने देना चाहिए। एक शांत तथा गंभीर मन के सामने प्रकृति की समस्त शक्तियां तथा परिस्थितियां झुक जाती हैं। यदि हम अपने को परमात्मा से संबंधित रखें और उसकी सहायता पाने का प्रयत्न करें, हमारी समस्याओं का समाधान अधिक जल्दी हो सकता है। परमात्मा हमें अपनी सहायता देने के लिए सदैव मौजूद है, बशर्ते हम उससे सहायता मांगें, अपने हाथों में उसका हाथ थाम लें।

समस्याओं तथा कठिनाइयों में भी हमें परमात्मा को धन्यवाद देना चाहिए

आपको इसका भी ज्ञान होना चाहिए कि परमात्मा द्वारा हमको जो सुख दिए गए हैं उनकी तुलना में ये समस्याएं कुछ नहीं हैं। जीवन के सुखों

और विलासिता की आनन्द लेते हुए हम भगवान को न तो धन्यवाद देते हैं और न इस प्रश्न पर विचार करते हैं कि वे हमें क्यों प्रदान की गई हैं। लेकिन जब समस्याएं और दुख आते हैं, हम बहुत अधिक परेशान हो जाते हैं। क्या यह एक बिडम्बना नहीं? यदि हम भगवान को धन्यवाद देना प्रारम्भ कर दें तो हमारे ऊपर समस्याओं की जकड़ स्वत: कम हो जाएगी। वास्तव में हमें भगवान को केवल अपने सुखों तथा विलासिता के लिए धन्यवाद देने के साथ ही अपनी समस्याओं और कठिनाइयों के लिए भी धन्यवाद देने का दृष्टिकोण अपनाना चाहिए क्योंकि वे भी अन्तत: हमारी भलाई के लिए हैं।

जीवन के बंधनों के सामने समर्पण मत करिये

यद्यपि आप उन्नति करना चाहते हैं तथापि आपके जीवन में कुछ समस्याएं हो सकती हैं जो आपकी उन्नति को रोक रही हैं। कृपया इस संबंध में यह ध्यान दें कि ये सभी बंधन कर्म तथा भाग्य के नियमानुसार हैं। वे आपके भूतकालीन कर्मों के कारण हैं, अत: उनके लिए आपके अतिरिक्त अन्य कोई दोषी नहीं। इसलिए भगवान या अपने को अथवा दूसरों को कोसने का कोई अर्थ नहीं।

यह भी सत्य है कि इनमें से अधिकांश बंधनों को आपके द्वारा रात भर में हटाया नहीं जा सकता अर्थात आपको उनके साथ ही जीना होगा। लेकिन स्मरण रखिये! आप कैसी भी सीमाओं/अवस्थाओं में हों, आप सदैव कुछ परिवर्तन कर सकते हैं। इन परिवर्तनों से और बड़े परिवर्तनों का मार्ग प्रशस्त होगा। किसी के लिए भी सभी दरवाजे कभी बंद नहीं होते। एक व्यक्ति चाहे कितना बुरा हो उसे आगे बढ़ने, विकास करने तथा कर्मों के कुटिल चक्र से निकलने का अवसर दिया जाता है। कोई भी अनन्त काल तक नरक में रहने के लिए शापित नहीं है।

अत: आप अपने भाग्य की शक्तियों को शनै: शनै: अपने प्रयत्नों, निश्चयों तथा स्वतंत्र इच्छा शक्ति का प्रयोग कर पराजित कर सकते हैं और उससे ऊपर उठ सकते हैं। इस स्थिति को प्राप्त करने के पश्चात आप अपने भाग्य के गुलाम नहीं वरन आप स्वयं अपने जीवन तथा भाग्य का मार्ग निर्णय करते हैं।....

आप अपने प्रयत्नों, इच्छा शक्ति और दृढ़ निश्चय से अपने भाग्य का ही सुधार नहीं कर सकते वरन् उस पर पूरा नियंत्रण भी रख सकते हैं। यदि आपके पास दृढ़ इच्छा और कामना शक्ति हो और आप सही उद्देश्य के लिए कार्य कर रहे हों तो धरती और स्वर्ग में ऐसी कोई शक्ति नहीं जो आपकी सफलता को रोक सके, ब्रह्मांड की सभी शक्तियों को आपके मिशन की सहायता करनी ही चाहिए।

परमात्मा ने आपको ठीक उस स्थान पर रखा हुआ है जिसके आप योग्य हैं। इस स्थान पर रहने की वास्तव में आपको अपने विकास करने तथा कर्मों का संतुलन करने के लिए आवश्यकता थी। एक बार जब आप अपनी वर्तमान भूमिका को सफलता पूर्वक निभा देते हैं, आप स्वत: उससे उच्च भूमिका को प्राप्त कर लेते हैं।

समस्याओं की अवधि में भी उन्नति करना जारी रखिये

कुछ लोग यह विचार करते हैं कि जब उनकी सारी समस्याएं हल हो जाएंगी, तब वे अपने जीवन की विकास योजनाओं को प्रारम्भ करेंगे। लेकिन दुख की बात ये है कि समस्याएं तो जीवन के अन्त तक आती ही रहेंगी। लेकिन इसका अर्थ यह नहीं कि आप जीवन में उन्नति करने का कोई प्रयत्न ही न करें।

समस्याओं को अपने विकास की प्रक्रियाओं में हस्तक्षेप नहीं करने दीजिए। आप कैसी भी परेशानियों से भरी स्थिति में हों, आप विकास करते जाइये, क्योंकि आपकी कैसी भी समस्याएं हों, आगे विकास करने का मार्ग सदैव खुला रहता है। ऐसी स्थिति कभी नहीं आती जब आप कुछ भी न कर पायें। जब भाग्य आपका एक दरवाजा बंद करता है तो दूसरा खोल भी देता है।

समस्याओं की कल्पना मत करिये; वे जैसे आती जाएं उनका सामना करते जाइये

कुछ लोग अपना बहुत सा समय भावी समस्याओं की कल्पना करने में नष्ट कर देते हैं जैसे कि उनके साथ कुछ न कुछ अप्रिय घटित हो जाएगा। इस संबंध में कृपया स्मरण रखिये कि जीवन में समस्याओं और दुखद घटनाओं का जैसे-जैसे वे आती जाएं उनका सामना करते जाइये। व्यक्ति को अपना ध्यान निरन्तर भविष्य की संभावित दुखद घटनाओं पर केन्द्रित नहीं करना चाहिए, उदाहरण के लिए ऐसा मत सोचिये कि मुझे कैंसर हो गया तो क्या होगा, अगर वृद्धावस्था में मेरे बच्चों ने मुझे छोड़ दिया तो क्या होगा आदि। वास्तव में आप इस प्रकार की जो निन्यानवे प्रतिशत कल्पनाएं करते हैं वे कभी घटित नहीं होतीं, वे केवल आपके संदेहयुक्त मन और बुरी कल्पनाओं की उपज होती हैं।

जैसा कि मैंने पहले वर्णन किया है कि अब आपके साथ कोई दुखद घटना होती है, आपके पास उसका सामना करने की सदैव शक्ति होती है। कोई समस्या या दुखद घटना आपसे अधिक शक्तिशाली नहीं है, इसके

अतिरिक्त आप किसी भी विपत्ति में अकेले नहीं छोड़े जाते। सर्वशक्तिशाली और सर्वव्यापी परमात्मा सदैव आपके साथ है। चाहे आप कैसी भी स्थिति में हों, सारा संसार आपको छोड़ सकता है लेकिन परमात्मा नहीं। इसलिए कभी साहस मत त्यागिये और इस सिद्धांत को सदैव याद रखिये – बस समस्याओं का सामना करिये, उनके बारे में, निरंतर विचार मत करते रहिए।

एक समय में एक समस्या हल करिये

हम सभी असंख्यों समस्याओं से घिरे हैं। अगर हम सभी समस्याओं पर एक समय में ही विचार करना और उनको हल करना शुरू कर दें, हम पागल हो जाएंगे और एक भी समस्या को हल करने के योग्य नहीं हो सकेंगे, इसके लिए सही रीति यह है कि आप अपनी सभी समस्याओं की पहले एक सूची बना लें और फिर उसमें से एक समस्या को चुनें और उस पर अपना सारा ध्यान केन्द्रित कर दें, बाकी सब समस्याओं को अस्थायी रूप से मन से बाहर कर दें। एक समय में एक समस्या को हल करने पर आप उसे सरलता से हल कर लेंगे और वह आप पर हावी नहीं हो पाएगी। इस प्रकार आप समस्या को हल करने के पेंचीदा कार्य में आनन्द प्राप्त करेंगे। जब आप सभी समस्याओं पर एक साथ विचार करने और हल करने का प्रयत्न करते हैं, तभी आप उनसे बेचैन हो जाते हैं।

इच्छाएं एवं उन पर नियंत्रण

ऐसा कहा जाता है कि मनुष्य इच्छाओं से भरी एक गठरी है और यही असीमित इच्छाएं उसे निरंतर गतिशील और उत्तेजित रखती हैं। केवल एक व्यक्ति की इच्छाएं इतनी हो सकती हैं जितने आकाश में तारे। इस पृथ्वी पर कोई भी आदमी अपनी सभी इच्छाओं को पूरा करने के योग्य नहीं हुआ है। ऐसा कहा जाता है कि अगर एक व्यक्ति को सारे संसार की सम्पत्ति और सुख की सभी वस्तुएं दे दी जाएं फिर भी वह संतुष्ट नहीं होगा तथा उनसे अधिक पाने की इच्छा करेगा, इसलिए इच्छाओं से भरे मन वाला व्यक्ति कभी शांतिपूर्वक नहीं मरता। असंतुष्ट इच्छाएं मृत्यु के बाद भी उसे और उसके मन को बेचैन रखती हैं एवं उसके नये जन्म का कारण बनती हैं।

सच्ची खुशी और संतोष को उपलब्ध करने के लिए इच्छाओं से मुक्त होना परम आवश्यक है लेकिन इच्छाओं से मुक्त होने का अर्थ कर्महीन

बनकर बैठ जाना नहीं है। आपके जीवन के कुछ निश्चित और उचित उद्देश्य तथा आवश्यकताएं हो सकती हैं। जिनके लिए आप कार्यशील रहें। यहां इच्छा शब्द का उपयोग किसी को पाने के लिए बहुत पागल सा हो जाना है अर्थात यदि आपको वह प्राप्त न हो तो आप अपने को अत्यधिक दुखी और संकटग्रस्त अनुभव करने लगेंगे।

इच्छाओं का वर्गीकरण

इच्छाओं का वर्गीकरण सामान्य रूप से वस्तुओं व लक्ष्यों से प्राप्त होने वाली खुशी के आधार पर किया जा सकता है:

- इंद्रियों के सुखों को पाने की इच्छा:
- असुरक्षा और अपर्याप्तता की भावना को पूरा करने के लिए अधिक से अधिक धन-सम्पत्ति, रुपया-पैसा, मित्र और उच्च व्यक्तियों से संबंध बनाने की इच्छा।
- अधिक से अधिक शारीरिक और भौतिक सुखों को पाने की इच्छा।
- अपने अहंकार को संतुष्ट करने की इच्छा जैसे प्रसिद्धि, उच्च स्तर, शक्ति, संतान, परिवार आदि।

इच्छाओं की प्रकृति और विशेषताएं

इच्छाओं की विशेषताएं उनमें निहित गुण धर्मों पर आधारित होती हैं। उनके कुछ महत्वपूर्ण गुणों का निम्नलिखित अनुच्छेदों में वर्णन किया गया है।

इच्छाएं अनंत हैं, कोई भी अपनी सभी इच्छाएं संतुष्ट नहीं कर सकता: आप चाहे कितनी अधिक कोशिश कर लें, आप कभी भी अपनी सभी इच्छाएं संतुष्ट नहीं कर सकते। इसका कारण यह है कि प्रत्येक व्यक्ति की इच्छाएं असीमित हैं। प्रत्येक व्यक्ति सब कुछ पाना चाहता है। अत: तर्कयुक्त दृष्टि से यह असंभव है कि कोई व्यक्ति अपनी सभी इच्छाएं पूर्ण कर सके।

इच्छाएं संतुष्ट करने की गति की तुलना में इच्छाओं के बढ़ने की गति कहीं अधिक होती है: स्वामी विवेकानन्द के अनुसार यदि इच्छाओं को सतुंष्ट करने की आपकी शक्ति अंक गणित की विधि से बढ़ती है तो इच्छाओं की शक्ति रेखागणितीय विधि से बढ़ती है। यदि आप एक इच्छा संतुष्ट करते हैं, उससे दस इच्छाएं और उत्पन्न होती हैं, ऐसा क्यों होता है? इसका मूल कारण आपका यह भ्रम है कि सुख को संसार की भौतिक वस्तुओं को पाकर प्राप्त किया जाता है, लेकिन वास्तविकता में कोई भी बाहरी वस्तु या स्थिति

आपको वह शास्वत सुख नहीं दे सकती जो आप अपने अंतर्तम से खोज रहे हैं। ऐसा इसलिए है कि संसार की कोई वस्तु और स्थिति अपने आप में पूर्ण नहीं है। हर वस्तु में कुछ न कुछ कमियां हैं तथा उसमें और अधिक विकास करने की गुंजाइश हैं। अतः जब आपको एक वस्तु से यह सुख नहीं मिलता तो आप सोचते हैं कि उसे दूसरी वस्तु से प्राप्त कर लेंगे। इस प्रकार आप एक वस्तु के बाद दूसरी वस्तु का पीछा करते जाते हैं। यह सुख को पाने का एक असफल प्रयत्न होता है और इस प्रकार आपकी इच्छाएं बढ़ती चली जाती हैं। इच्छाओं के बढ़ते चले जाने का दूसरा कारण यह है कि आपको चाहे कितना ही प्राप्त हो जाए, आप सदैव अधिक से अधिक और बेहतर से बेहतर प्राप्त करना चाहते हैं। ऐसा फिर इस तथ्य के कारण है कि सांसारिक वस्तु की प्रकृति ही ऐसी है कि हमें चाहे कुछ भी प्राप्त हो जाए हम संतुष्ट नहीं हो सकते। लेकिन अज्ञानवश हम ऐसा विचारतें हैं कि उसी वस्तु को और अधिक पाकर अथवा वर्तमान वस्तु से अधिक अच्छी वस्तु पाकर हम संतुष्ट हो जाएंगें। यही है अज्ञानता रूपी जाल का मूल कारण और इस संसार में आप जो कुछ भी प्राप्त करें, ऐसी वस्तुएं सदैव उपलब्ध रहेंगी जो आपको प्राप्त वस्तुओं से अधिक अच्छी हैं। यदि वे आज नहीं हैं तो कल हो जाएंगी। फलस्वरूप जैसे ही आप इन बेहतर वस्तुओं को देखेंगे (जो आप देर-सबेर देखने के लिए बाध्य हैं) आप इन बेहतर वस्तुओं को प्राप्त करने के लिए पुनः व्याकुल हो जाएंगे। यही है वह विधि जो आपकी इच्छाओं को भड़काती रहती है।

इसके अतिरिक्त आधुनिक जगत के व्यक्ति की गतिशीलता और जानकारी निरंतर बढ़ती जा रही है। जिसके कारण वह बेहतर से बेहतर वस्तुओं को देखता है जो उसकी इच्छाओं रूपी अग्नि को भड़काने का कार्य करता है। उदाहरण के लिए, मान लीजिए आप कार खरीदने की इच्छा को किसी प्रकार पूरा कर लेते हैं और कार के स्वामी बन जाते हैं, इसके कुछ समय बाद आप एक और सुंदर तथा अधिक सुविधाओं वाली कार देखते हैं, आपके मन में उस कार को खरीदने की इच्छा विकसित हो जाती है। इस प्रकार यह दुश्चक्र अंतहीन रूप से चलता चला जाता है। इसी से मिलता-जुलता दूसरा उदाहरण, मान लीजिए कि आपको किसी पद पर नियुक्त होने की इच्छा होती है और आपकी इच्छा पूरी हो जाती है। अब आप एक दूसरे व्यक्ति को देखते हैं जो आपसे ऊंचे पद पर है और जिसे आपसे अधिक सुख-सुविधाएं तथा शक्ति प्राप्त है। आप में पुनः उस पद को पाने की इच्छा उत्पन्न होती है और इस प्रकार इच्छाओं का यह दुष्चक्र बढ़ता चला जाता है।

इससे यह निष्कर्ष निकलता है कि इच्छित वस्तु की प्राप्ति, उस इच्छा को संतुष्ट करने की बजाए उसे और अधिक बढ़ा देती है क्योंकि इससे मन ऊंचें से ऊंचें आकर्षण तथा सुखों को पाने के लिए और अधिक संवेदनशील होता जाता है। एक इच्छा के सामने समर्पण करके हम दूसरी इच्छाओं को अपने ऊपर आसानी से हावी हो जाने के लिए अधिक शक्तिशाली बना देते हैं। यह इस प्रकार है कि मानो हमने एक इच्छा के आगे हार मान जाने से उसके नियंत्रण को स्वतंत्र कर दिया।

आवश्यकताओं की पूर्ति हो सकती है, इच्छाओं की नहीं: जहां तक मनुष्य का आवश्यकताओं से संबंध है वे सीमित हैं और उनकी पूर्ति की जा सकती है। आवश्यकताएं मनुष्य के इस संसार में भली प्रकार जीवित रहने से संबंधित हैं, और इनकी पूर्ति होना आवश्यक है।

लेकिन केवल एक व्यक्ति की इच्छा भी पूरी नहीं की जा सकती। क्योंकि इच्छाओं का आधार लोभ है जिसे कभी भी सतुंष्ट नहीं किया जा सकता। वह सदैव अधिक से अधिक, बेहतर से बेहतर चाहता है, चाहे आप उसे कितना ही अधिक दें; और चूंकि यह संसार भौतिक क्षेत्र में बेहतर से बेहतर वस्तुओं का निरंतर उत्पादन करता रहता है, एक ऐसी स्थिति बनी रहती है जिससे व्यक्ति अपनी इच्छाओं के पीछे निरंतर भागता रहता है।

इच्छाओं के पूर्व और पश्चात चिंताएं ही चिंताएं हैं: जब भी मनुष्य कोई इच्छा करता है उसे यह उत्सुकता होने लगती है कि वह अपनी इच्छित वस्तु को कैसे प्राप्त कर सकता है। वह अपनी इच्छित वस्तु को पाने के लिए सभी प्रकार के मानसिक दबावों और चिंताओं से गुजरता है। इच्छित वस्तु को पाने की कामना से पहले होने वाली अत्यधिक चिंता को सुख या संतोष की स्थिति नहीं कहा जा सकता।

जब कभी इच्छित वस्तु उपलब्ध हो जाती है तो पुन: चिंता और भय सताने लगता है कि कहीं यह इच्छित वस्तु छूट या खो न जाए। वस्तुओं को ऐसा बनाया गया है कि प्राकृतिक कारणों अथवा जीवन के अन्य कारणों के द्वारा हमसे वापस ली जा सकती हैं। अत्यधिक परिश्रम के पश्चात प्राप्त की गई वस्तु के छिन जाने की संभावना सदा बनी रहती है। इस प्रकार एक दूसरे प्रकार की चिंता लग जाती है कि प्राप्त वस्तु को अपने पास किस प्रकार सुरक्षित और सही रूप में रखा जाए।

अतएव इच्छाओं के पूर्व और पश्चात दोनों की स्थितियों में चिंताएं ही

चिंताएं हैं, जिन्हें कभी भी सुख या संतोष का नाम नहीं दिया जा सकता। इस प्रकार आप देख सकते हैं कि एक इच्छा मन की शांत झील में एक विघ्न की तरह है।

इच्छाओं की पूर्ति से मिलने वाला सुख क्षणिक और भ्रामक होता है: निस्संदेह इच्छित वस्तु की प्राप्ति से क्षणिक सुख और संतोष मिलता है परन्तु यदि आप गहराई से मनन करें, आप पाएंगे कि इस क्षणिक संतोष का स्रोत भी वह वस्तु नहीं और कुछ है।

होता यह है कि इच्छित वस्तु को प्राप्त करने के बाद जो मन पहले उस वस्तु की ओर भाग रहा था वह स्थिर हो जाता है और अपनी मूल शांत स्थिति में आ जाता है। उस वस्तु की प्राप्ति के फलस्वरूप इच्छा का स्थिर हो जाना ही सुख का कारण है वह वस्तु नहीं।

लेकिन इस बात का ध्यान दीजिए कि मन की यह स्थिति अस्थायी है क्योंकि आप इस स्थिति में अधिक देर तक नहीं रह सकते और शीघ्र ही आप उस वस्तु से संबंधित चिंताओं से ग्रस्त हो जाते हैं जैसी कि पहले व्याख्या की जा चुकी है।

सुख न इच्छाओं की पूर्ति में है और न दमन में वह तो इच्छाओं को समाप्त करने में है: हमने ऊपर वर्णन किया है कि शांत मानसिक स्थिति के लिए इच्छा एक विघ्न की तरह है। यह विचार कर कुछ लोग अपनी इच्छाओं की पूर्ति करने की बजाए उनका दमन करने लगते हैं। इस प्रकार इच्छाओं की जड़ें उनके मन में रहती हैं यद्यपि वे ऊपर से प्रकट नहीं की जातीं। इच्छाओं के दमन से व्यक्ति को विभिन्न मनोवैज्ञानिक व शारीरिक विकार हो जाते हैं। आप पूछ सकते हैं कि यदि इच्छा का दमन और पूर्ति दोनों अशांति का कारण हैं तो इसका समाधान क्या है? इच्छाओं द्वारा उत्पन्न होने वाला विघ्न अथवा अशांति न तो उनकी पूर्ति द्वारा और न उनका दमन करके वरन यह तो केवल इच्छाओं का त्याग करके ही संभव है, यही सुख की कुंजी है।

यहां इस बात पर ध्यान दिया जाना चाहिए कि हमारा निम्न मन या निम्न प्रकृति (lower nature) बहुत अधिक अशांत तथा चंचल है। वह सरलता से एक इच्छा के बाद दूसरी इच्छा करने की प्रवृत्ति का त्याग नहीं करता। वह एक वस्तु की कामना करता है और उसकी पूर्ति कर क्षणिक संतोष प्राप्त करता है, फिर दूसरी वस्तु की कामना करता है और पुन: क्षणिक संतोष प्राप्त करता है जिससे उसे दूसरी इच्छाओं के पीछे भागने के लिए असंतोष मिलता है। आपका निम्न मन लंबी अवधि तक एक ही वस्तु से चिपका नहीं रह

सकता वह सदैव विभिन्नताएं चाहता है। वह एक वस्तु से कुछ समय बाद ऊब जाता है, और तब अपना संतोष पाने के लिए किसी दूसरी वस्तु की खोज करता है। फलस्वरूप वह क्षणिक संतोष के मध्य अधिक समय तक मुख्य रूप से बेचैन ही रहता है अगर उसे स्वतंत्र ही छोड़ दिया जाए, वह आपके जीवन में उथलपुथल कर देगा और इच्छाओं का दैत्य बनकर आपके जीवन को नरक बना देगा। अनगिनत इच्छाओं और लोभों की ओर निरुद्देश्य भागने की मानसिक प्रवृत्ति को रोकने के लिए, व्यक्ति को अपने मन की शक्ति को सदैव रचनात्मक कार्यों में एकाग्र करना चाहिए। एक उद्देश्य रहित दिशाहीन मन सदैव विनाशकारी कार्यों की ओर प्रवृत्त होता है।

कर्मयोग–कुशलता पूर्वक तथा तनावरहित कार्य करने की कला

इस संसार में प्रत्येक व्यक्ति कोई न कोई कार्य कर रहा है। बिना कर्म किए कोई व्यक्ति जीवित नहीं रह सकता। यह आत्मा की स्वाभाविक प्रवृत्ति है कि वह किसी प्रकार के कार्य में लगी रहे। यही कारण है कि इस संसार या पृथ्वी को प्राय: कर्म क्षेत्र कहा जाता है तथापि अनेक लोग ऐसे हैं जो कार्य करते हुए निरंतर तनाव ग्रस्त और उत्तेजित रहते हैं, परंतु ऐसे कुछ बुद्धिमान लोग भी हैं जो कठोर कार्य करने के बावजूद भी अपने कार्य में आनन्द प्राप्त करते हैं। वास्तव में उनके लिए कार्य प्रसन्नता और सुख पाने का स्रोत है।

कर्म करना एक कला है जिसे योग की शब्दावली में कर्मयोग कहते हैं। इसके द्वारा आप अपने कार्य को कुशलता और निपुणता से करते हुए भी तनाव रहित और आनन्द युक्त रहते हैं। वास्तव में ऐसे व्यक्तियों के लिए कर्म उन्नति और सुख का एक माध्यम बन जाता है।

ध्यान एवं सजगता

यह 'कर्मयोग' का पहला अंग है, इसके अनुसार आप जो कुछ भी करें आपका पूर्ण ध्यान और सजगता उसमें केन्द्रित होनी चाहिए। इस बात से कोई अंतर नहीं पड़ना चाहिए कि वह कार्य कितना साधारण, नित्य किया जाने वाला या आदत में शामिल है, आपकी जागरूकता उस कार्य से हटनी नहीं चाहिए। उदाहरण के लिए मान लीजिए की आप अपने बर्तन धो रहे हैं, उस समय आपको संसार की सभी चीजें भूल कर उसमें लीन हो जाना चाहिए। उस समय आपके लिए वह सबसे अधिक महत्वपूर्ण कार्य होना चाहिए।

आपको बर्तन धोने के अन्तर्गत प्रत्येक क्रिया के प्रति पूर्ण जाग्रत रहना चाहिए। एक भी क्रिया अनदेखे या बिना ध्यान के नहीं होनी चाहिए। अर्थात कोई भी क्रिया आपके सजग ध्यान से रहित मशीन की तरह और स्वचालित नहीं हो।

इसी बात को दूसरे शब्दों में वर्तमान क्षण में रहना कहते हैं। सामान्यत: यह देखा जाता है कि जब कोई व्यक्ति कार चलाने, स्नान करने, भोजन करने जैसी सामान्य आदतों वाली क्रियाएं करता है उसका मन वर्तमान क्षण की क्रिया से सरलता पूर्वक दूसरी ओर चला जाता है। उसका मन भूत या भविष्य में अथवा आस-पास की किसी घटना की ओर भटक जाता है। लेकिन यही वह बात है जिससे बचना चाहिए। अपनी इच्छा शक्ति का उपयोग कर आपको अपने मन को हाथ में लिए कार्य पर केन्द्रित करना होगा। इससे आपकी अपने मन पर नियंत्रण करने की शक्ति बढ़ती है। अपने हाथ में लिए कार्य से मन का प्राय: अलग हो जाना या भटक जाना एक कमजोर मन का लक्षण है।

जब आप अपने प्रत्येक उस छोटे कार्य पर ध्यान देना सीखते हैं जो आप कर रहे हैं तो आप उसे सर्वोत्तम रूप में करने के योग्य ही नहीं बनते वरन् अपने मन में एक आंतरिक प्रसन्नता भी अनुभव करते हैं। दिन प्रति दिन की जाने वाली उबाऊ और नित्य की जाने वाली क्रियाएं भी इससे आपके लिए रोचक और महान संतोष का स्रोत बन जाएंगी। इस दृष्टिकोण को अपना कर आप अपने जीवन के प्रत्येक और सभी क्षणों का आनन्द उठा सकते हैं। प्रसन्नता वास्तव में उस कार्य से नहीं मिलती जो हम कर रहे हैं वरन् उस कार्य को करने में अपनाये गये दृष्टिकोण तथा अपने को उसमें पूरी तरह तल्लीन कर देने से मिलती है।

अनासक्ति

किसी कार्य को एकाग्र और सजगता से पूरा करने के पश्चात आपको उसे पूरी तरह भूल जाने के योग्य भी होना चाहिए, पुराने कार्य का एक विचार भी आपके मन में नहीं रहना चाहिए। अब आपको हाथ में आने वाले दूसरे कार्य के लिए पूर्णत: जाग्रत और तरोताजा होना चाहिए। जब आप दूसरा कार्य करने जा रहे हों तब आपके मन में पूरा किए गए कार्य अथवा आने वाले कार्य के संबंध में कोई भी विचार नहीं होना चाहिए। अब पुन: अपने ध्यान को केवल हाथ में आए नए कार्य पर केन्द्रित करना है। दूसरे शब्दों में इसका अर्थ यह भी है कि अपने कार्य को ईमानदारी तथा समर्पण से करने के बावजूद भी व्यक्ति

को उसके साथ आसक्ति नहीं रखनी चाहिए। एक कार्य को एकाग्रता से करने के साथ ही आपको एक क्षण के नोटिस पर उससे अपने को संलग्न रहित करके दूसरे कार्य को करने की योग्यता का भी विकास करना होगा। स्वामी विवेकानन्द ने भी इसी पर बल दिया है। उनका मत था कि एकाग्रता तथा अनासक्ति के गुणों का विकास साथ-साथ करना चाहिए। सभी कार्यों का उद्देश्य मन का विकास करना होना चाहिए न कि उससे आसक्त या मोहग्रस्त होकर उससे बंध जाना।

कर्ता के भाव को विलीन करना

कार्य करते हुए 'मैं पन' 'मुझे' 'मेरा' के भावों को विलीन कर दो या मिटा दो अर्थात 'मैं कर रहा हूं' या 'मैंने किया' अथवा 'केवल मैं कर सकता हूं' आदि भावों को अपने मन से मिटा देना चाहिए। कठोर सत्य यह है कि यथार्थ में आप अपने आप कोई कार्य नहीं कर सकते। मुझसे और आपसे कहीं अधिक महानशक्ति से पूर्ण इस सृष्टि का नियन्ता है। यदि आप गहराई से विचार करें तो वह तथ्य जिसकी व्याख्या अगले अनुच्छेद में की गई है, सरलता से समझ जाएंगे कि आप 'कर्ता' क्यों नहीं हैं।

एक कार्य को करने में इतनी अधिक अनिश्चितताएं और दूसरे कारक (प्राकृतिक तथा मानव कृत) को शामिल होते हैं कि एक कार्य को करने के साथ अपने स्वामित्व को जोड़ना असंभव है। इनमें से अनेक कारक आपके नियंत्रण से बाहर हैं। सत्य यह है कि आप किसी भी कार्य को परमात्मा के सहयोग या सहायता से ही संपादित कर सकते हैं। अत: अंतिम विश्लेषण से यह निष्कर्ष निकलता है कि परमात्मा ही सभी कार्य करता है आप नहीं। आप मात्र एक भौतिक यंत्र की भांति कार्य करते हैं।

अत: कार्य करते हुए कर्तापन के भाव और अहम् को मिटा दीजिए। केवल यह भाव रखिए कि आप परमात्मा के विश्वसनीय सेवक अथवा दिव्य उपकरण के रूप में कार्य कर रहे हैं। आपके दृष्टिकोण का यह 'कर्ता' से 'दिव्यता' की ओर परिवर्तन आपके मन तथा कार्य की गुणवत्ता में पर्याप्त परिवर्तन ले आएगा। आपका अहम् पूरी तरह मिट जाएगा जिससे आपके मन में पवित्रता आएगी। एक व्यक्ति की आध्यात्मिक प्रगति में अहम् भाव सबसे बड़ी बाधा है और दृष्टिकोण में उपर्युक्त परिवर्तन इस महान बाधा को शनै: शनै: मिटा देता है जिससे अंतिम सत्य तथा यथार्थ की ओर जाने वाली आपकी यात्रा का मार्ग स्वच्छ हो जाता है। 'कर्ता से दिव्यता' की ओर परिवर्तित

यह दृष्टिकोण आपके सभी साधारण कार्यों को अध्यात्मिक कार्यों में रूपांतरित कर देता है। आपके लिए समस्त जीवन योग बन जाता है। आपको योग अथवा साधना करने के लिए अलग से समय निकालने की आवश्यकता नहीं रहती है। वास्तव में इस प्रकार आप 'कर्म में योग' का अभ्यास कर रहे हैं। आपके कार्य की गुणवत्ता में स्वत: सुधार हो जाता है क्योंकि आपके मन को विकर्षित करने के लिए कोई विशेष इच्छा या आशा नहीं रहती, इसका कारण फलों को पूरी तरह परमात्मा को समर्पित कर देना है। ऐसा व्यक्ति यदि कार्य के पश्चात कोई पुरस्कार पाता है तो वह उसका कोई श्रेय नहीं लेता और वह विनम्रता पूर्वक वह पुरस्कार परमात्मा को समर्पित कर देता है। उदाहरण के लिए, रामायण महाकाव्य के अत्यंत आदरणीय पात्र हनुमान जी ने पूरी लंका को जला कर एक अनुकरणीय साहस दिखाया था लेकिन इसके लिए उन्होंने जरा सा भी श्रेय नहीं लिया और अपनी सफलता को पूरी तरह परमात्मा को अर्पित कर दिया।

फलों की आशा न करना

कुछ लोग प्राय: यह प्रश्न करते हैं कि फल की आशा के बिना किसी कार्य को करने के पीछे क्या प्रेरणा शक्ति रह जाएगी। वे इस बात को अनुभव नहीं करते कि यह कर्मों के फल या परिणाम नहीं हैं जिनसे आपको खुशी मिलती है वरन यह उस कार्य के साथ जुड़ी वह चेतना अथवा दृष्टिकोण है जो आपको खुशी देती है। वास्तव में किसी भी कार्य को उसके प्रत्येक अंश पर ध्यान देकर तथा उसे सर्वोत्तम व्यवस्थित रूप एवं विधि से करके अत्यधिक रोचक बनाया जा सकता है। इससे कोई अंतर नहीं पड़ता कि कार्य कितना महत्वहीन या क्षुद्र है।

अत: उपर्युक्त भाव से किया गया कार्य अपने आप में ही आनंद का एक स्रोत बन जाता है। इसलिए आपको प्रसन्नता या आनंद पाने के लिए कर्मों के फलों पर निर्भर नहीं रहना पड़ता। आप अपने काम में ही प्रसन्नता प्राप्त करते हैं और कर्म ही आपका पुरस्कार बन जाता है। अब प्रश्न यह है कि कौन सा कार्य किया जाए? इसके उत्तर में कहा जा सकता है कि जो भी कार्य आपको ड्यूटी (कर्तव्य) के लिए दिया जाए। कार्य के प्रति योग का दृष्टिकोण पूर्ण अनासक्ति का है, उसमें आपकी रुचि का कोई प्रश्न नहीं है, वरन आपको जो भी कार्य दिया जाए अथवा आपके सामान्य जीवन के क्रम में जो कार्य आ जाए उसे स्वीकार करना। इसी विधि से और केवल इसी विधि से सब कार्य

अधिकतम रोचक हो जाते हैं और संपूर्ण जीवन एक चमत्कार। मनुष्य प्राय: अपना कार्य अपनी पसंदगी, पूर्व धारणा अथवा इस कामना से करता है कि अमुक कार्य उसके लिए उचित प्रकार का कार्य है जिसमें वह यश या सफलता प्राप्त कर सकता है। परंतु यह आसक्ति या व्यक्तिगत चयन जीवन में सच्चा आनंद प्राप्त करने की दिशा में उन्नति में सहायक होने की बजाय बाधक अधिक होती है।

निष्काम कर्म करने का दर्शन इस दृष्टिकोण से भी महत्वपूर्ण है कि किसी भी कार्य के फल तथा परिणाम हमारे हाथ में नहीं हैं।

यह एक ऐसा क्षेत्र है जो पूर्ण रूप से परमात्मा के अधीन है, हमें केवल कर्म करने की स्वतंत्रता दी जाती है उनके फलों की नहीं। हर विषय में अंतिम निर्णय सदैव परमात्मा का होता है हमारा नहीं। परमात्मा व्यक्तिगत मामलों के बहुत से कारकों और गुणों के आधार पर हमारे प्रयत्नों और कर्मों के आधार पर फल प्रदान करता है। अत: इस विषय में, जिससे हमारा कोई संबंध नहीं अपना माथा-पच्ची करने या समय नष्ट करना व्यर्थ है। चूंकि परमात्मा अपने आप में परिपूर्ण है इसलिए वह हमें हमारे कर्मों के जो भी फल प्रदान करता है उससे हमें संतुष्ट रहना ही चाहिए। फलों की आशा करना बंधन है जबकि फलों का त्याग करना मुक्ति।

निस्वार्थ कर्म

निस्वार्थ कर्म करने का क्या अर्थ है? इसका अर्थ है, किसी कार्य को इसलिए करना क्योंकि वह आपको एक कर्तव्य (ड्यूटी) के रूप में दिया गया है, तथा उसे संपूर्ण ध्यान, कुशलता, निपुणता सुव्यवस्था, और सर्वोत्तम रूप से जितना आप कर सकते हैं करना, परंतु उससे कोई व्यक्तिगत लाभ या आशा नहीं रखना।

जब कभी आप कोई अच्छा कार्य करते हैं (कोई भी कार्य जो मानवता के विस्तृत कल्याण हेतु निस्वार्थ भाव से उपर्युक्त रीति से किया जाता है), आप एक विशेष आंतरिक हर्ष का अनुभव करते हैं कोई भी निस्वार्थ कार्य या सेवा जो दूसरों की सहायता करने अथवा देने की भावना से की जाती है वह आपकी चेतना का विस्तार करती है तथा आपको एक आंतरिक संतोष व आनंद से भर देती है। आनंद को कभी भी सकुंचित स्वार्थ का जीवन जीकर प्राप्त नहीं किया जा सकता है। कोई भी कार्य जो स्वार्थ से किया जाता है आपकी चेतना को संकुचित कर देता है और बंधन की ओर ले जाता है जो कष्ट, कड़वाहट और मानसिक बेचैनी उत्पन्न करता है।

किसी आदर्श कर्मयोगी द्वारा यह आंतरिक आनंद और उपलब्धि का गहनतम अनुभव निस्वार्थ सेवा से प्राप्त किया जाता है। स्वामी विवेकानन्द ने कहा है, – सभी कार्यों का लक्ष्य मनुष्य में निहित दिव्यता को निस्वार्थ सेवा द्वारा प्रगट करना है। सभी कार्य चाहे वे प्रबंध, नेतृत्व, प्रशासन से संबंधित हों, इन सब को एक ही लक्ष्य की ओर निर्देशित करना है – दूसरों की भलाई, लाखों व्यक्तियों की भलाई और सभी जीवों की भलाई करने के द्वारा मानव की भौतिक दिव्यता को अभिव्यक्त करना।

अत: कार्य कोई ऐसी चीज नहीं है जिसे आप जीविकोपार्जन करने के लिए दैनिकचर्या की तरह करें। जब कार्य उचित भाव से किया जाता है तब वह विकास का एक साधन बन जाता है, आत्म-साक्षात्कार की एक विधि बन जाता है। स्वामी विवेकानन्द ने इस तथ्य की सुंदर रूप से व्याख्या अपनी पुस्तक 'कर्मयोग' में की है। यह एक विरोधाभास है कि हमें किसी व्यक्ति या संसार की सहायता करने की आवश्यकता नहीं क्योंकि जगत स्वयं आत्मनिर्भर है, वह हमारे बिना भी निरंतर चलता रहेगा। हमें अच्छा कार्य करने की आवश्यकता अपनी सहायता करने के लिए होती है क्योंकि प्रत्येक अच्छा कार्य हमें शुद्ध करता, ऊंचा उठाता और हमारी छिपी हुई दिव्यता को प्रगट करने में सहायता देता है।

परमात्मा इस संसार को चलाने या सहायता देने के लिए आप पर या मुझ पर निर्भर नहीं कर रहा है। सभी सहायता मूल रूप से परमात्मा द्वारा दी जाती है। हम केवल सहायता के एक माध्यम बन जाते हैं क्योंकि हम वैसा करने के इच्छुक होते हैं। यदि हम उसका माध्यम बनने के इच्छुक नहीं हैं तो भी परमात्मा के पास किसी को सहायता प्रदान करने के लिए हजारों साधन हैं, अत: दूसरे की सहायता करने की अहंकार भरी भावना को पूरी तरह मिटा देना चाहिए। वास्तव में आप किसी को सहायता देते हैं तो उसे जल्दी से जल्दी भुला देना चाहिए।

अपने कार्यों का विभाजन करना सीखिए

हम सभी के पास सदैव बहुत से कार्य करने को, अनेक समस्याएं हल करने को और कई नई योजनाएं कार्यान्वित करने के लिए होती हैं। लेकिन यह देखा जाता है कि साधारण मनुष्य इस बात को लेकर पूरी तरह भ्रमित रहता है कि कौन सा कार्य पहले किया जाए? वह अपना अधिकतम समय सोचने व योजना बनाने में ही व्यय कर देता है और पूरी तरह भ्रमित तथा अशांत रहता

है, एवं बहुत कम समय वास्तविक कार्य में लगा पाता है। कार्यों की मध्य इस अव्यवस्थित मानसिक स्थिति का कारण यह है कि लोग सभी कार्य एक समय में विचारना व करना चाहते हैं। कार्यों को सही रीति से करने की उचित विधि यह है कि पहले कार्यों को प्राथमिकता के आधार पर उनकी एक सूची बना ली जाए। नये कार्यों को उनकी प्राथमिकता के आधार पर उनमें जोड़ते जाइये।

अब उस सूची में से एक समय में एक कार्य लीजिए और उस स्तर पर और सभी कार्य भूल जाइए तथा उस कार्य में पूरी तरह मग्न हो जाइए मानो केवल आपको एक वही कार्य करना है। अभी हाल में जो कार्य आपने पूरा किया है उसके बारे में विचार मत करिए। जो कार्य आपको आगे करने हैं उनके बारे में भी विचार मत करिए। सभी कार्यों को एक साथ अपने ऊपर मत लीजिए, उनको अपने समय के अनुसार आने दीजिए। एक बार हाथ में लिया हुआ कार्य जब समाप्त हो जाए तो उसे एक बंद फाइल की तरह भूल जाइये तथा क्रम में आया हुआ दूसरा कार्य ले लीजिए। अब उस कार्य में ध्यान एकाग्र करिए, केवल उसी कार्य में ध्यान लगाइए जो हाल ही में आपने अपने हाथ लिया है।

यही वह रहस्य है जिससे आप बिना किसी मानसिक दबाव और भ्रम के अधिकतम कार्य कर सकते हैं।

उद्देश्यहीन कार्यों से बचिए

यद्यपि कर्मयोग फलों की आशा नहीं करने पर बल देता है लेकिन इसका यह अर्थ नहीं है कि कोई व्यक्ति कार्य करते हुए एक लक्ष्य या उद्देश्य न रखें। वह कहता है कि जब आप अपने उद्देश्यों और उनको पाने के लिए योजनाओं को निश्चित कर चुके हैं फिर अपना मन काम में लगा दीजिए उसके परिणामों में नहीं। वास्तव में योग के अंतर्गत निरुद्देश्य कार्यों को हतोत्साहित किया जाता है। उद्देश्य से रहित जीवन इस प्रकार है मानो हम फुटबाल के मैच में दूसरी टीम के गोल को बिना लक्ष्य बनाये फुटबाल में 'किक' मार रहे हैं। आपको अपने व्यावसायिक जीवन और जहां तक संभव हो व्यक्तिगत जीवन में भी अल्पावधि व दीर्घावधि के लक्ष्य बनाने चाहिए तथा उन लक्ष्यों की ओर क्रमानुसार सुव्यवस्थित रूप से क्रमबद्ध रीति में कार्य करना चाहिए। ये सभी अल्पावधि एवं दीर्घावधि के लक्ष्य अंततः जीवन के उच्चतम उद्देश्य "आत्म-साक्षात्कार" की उपलब्धि के आधार बन जाएंगे। सामान्यतः एक दिशाहीन

मन अपनी निम्न प्रकृति का दास बन जाता है और सभी प्रकार की बुराइयों व पाशविक प्रवृत्तियों का शिकार हो जाता है।

सभी कार्यों को परमात्मा का कार्य समझिए

कर्मयोग में सभी कार्यों को परमात्मा का आदेश समझा जाता है चाहे वे किसी माध्यम से आपके पास आएं। कर्मयोग में कोई भी कार्य व्यक्तिगत नहीं होता, सभी परमात्मा के कार्य होते हैं। कर्मयोगी अपने को परमात्मा का सेवक समझता है। वह सभी कार्यों को पूर्ण एकाग्रता और समर्पण से जितना अच्छे से अच्छा हो सकता है करता है ताकि परमात्मा का सेवक होने की भूमिका को भली प्रकार निभा सके। एक कर्मयोगी पूरी एकाग्रता से कार्य करता है लेकिन उसके सभी परिणामों को परमात्मा पर छोड़ देता है।

भाग्य और मनुष्य की स्वतंत्रता

अनंत काल से मानवता भाग्य और मनुष्य की स्वतंत्रता के विषय में भ्रमित रही है। यह समाधान हेतु सबसे अधिक कठिन अध्यात्मिक पहेलियों में से एक रहा है। कुछ लोग विचारते हैं कि उनका पूरा जीवन एक सनकी परमात्मा द्वारा पूर्वनिश्चत भाग्य के अनुसार निर्धारित है तथा वे इस बारे में कुछ नहीं कर सकते एवं वे भाग्य के हाथों में कठपुतली मात्र हैं। तथापि विचारकों का दूसरा समूह यह अनुभव करता है कि भाग्य कुछ नहीं है और जीवन में प्रत्येक वस्तु या घटना व्यक्ति के अपने प्रयत्नों पर निर्भर करती है।

परंतु सत्य यह है कि विचारकों के दोनों समूहों के मत पूर्णत: सही नहीं हैं। दोनों ही सत्य का केवल अंश मात्र प्रकट करते हैं। वास्तविकता यह है कि भाग्य और मनुष्य की स्वतंत्र इच्छाशक्ति दोनों जीवन में जो कुछ घटित होता है उसमें अपनी भूमिका निभाते हैं। वे दोनों भिन्न-भिन्न शक्तियां हैं तथा इन दो शक्तियों का सापेक्ष समानुपात अंतिम परिणाम को निर्धारित करता है।

भाग्य या प्रारब्ध

परमात्मा द्वारा भाग्य आपके पिछले जीवन के कार्यों के आधार पर निश्चित किया जाता है। परमात्मा की इच्छा आपको गलत कार्यों के लिए दंड देने की नहीं होती परंतु उसका दृष्टिकोण यह होता है कि किस प्रकार की परिस्थितियां और दशाएं आपके विकास व आगामी शिक्षा के लिए सबसे अधिक लाभदायक होंगी। जीवन की कुछ स्थितियां ऊपर से सरसरी तौर से देखने पर हमें क्रूर

लग सकती हैं, लेकिन यदि हम उनके बारे में गंभीरता से विचार करें तो हम पाएंगें कि ऊपर से क्रूर व विपरीत दिखने वाली परिस्थितियों में ही परमात्मा की अनंत दया छिपी हुई है।

स्वतंत्र इच्छा शक्ति

दूसरी ओर स्वतंत्र इच्छा शक्ति वह सीमित स्वतंत्रता है जो आपको अपने कर्मों को पूरा करने के लिए दी गई है। इस संसार में किसी के हाथ पूरी तरह बंधे हुए नहीं हैं। प्रत्येक व्यक्ति को थोड़ी या अधिक मात्रा में स्वतंत्रता दी गई है जिसकी सहायता से वह अपने जीवन में कुछ परिवर्तन या सुधार कर सकता है। ये छोटे-छोटे परिवर्तन और अधिक बड़े परिवर्तनों को लाते हैं जिनसे अधिक बड़ी स्वतंत्रता प्राप्त होती है। अत: अपनी छोटी सी स्वतंत्रता का उचित उपयोग करने से आपके लिए अधिक बड़ी स्वतंत्रता का मार्ग खुल जाता है। व्यक्ति चाहे कितना भी दुष्ट हो उसके लिए सभी द्वार कभी बंद नहीं होते। प्रत्येक को सुधार का अवसर दिया जाता है। किसी के भी भाग्य में अनंत नरक नहीं होता।

स्वतंत्र इच्छा शक्ति और भाग्य का पारस्परिक संबंध

स्वतंत्र इच्छा और भाग्य की तुलना की धारणा को निम्नलिखित उदाहरणों से भली प्रकार समझा जा सकता है। मान लीजिए एक गाय किसी खूंटे से रस्सियों द्वारा बंधी हुई है। अब गाय रस्सी की लंबाई द्वारा बनने वाले घेरे को पार नहीं कर सकती (रस्सी की लंबाई घेरे के व्यासार्ध की तरह कार्य करेगी) इसे भाग्य कहते हैं। लेकिन जब गाय को घेरे के अंदर पूर्ण स्वतंत्रता होती है, उसे स्वतंत्र इच्छा कहते हैं। गाय का स्वामी घेरे के अंदर बंधी गाय के अनुशासन और व्यवहार का निरीक्षण करके उसे शनै: शनै: अधिक स्वतंत्रता देते हुए बड़े घेरे में रहने की अनुमति दे सकता है। एक समय आ सकता है जब वह गाय को पूरी तरह स्वतंत्र कर दे।

इस प्रकार हम देखते हैं कि मनुष्य न तो पूरी तरह जंजीरों में बंधा है और न ही पूरी तरह स्वतंत्र है। अपने अतीत के कारण वह अपने भाग्य का दास है, परंतु भविष्य के संबंध में वह अपनी स्वतंत्र इच्छा के अनुसार उसका निर्माता है। इस प्रकार यदि व्यक्ति की परिस्थितियों को पूर्ण रूप में देखा जाए तो उसे सीमित स्वतंत्रता प्राप्त है और सीमित रूप से ही वह बंधन में है, इनकी सापेक्ष शक्ति इस बात पर निर्भर करती है कि व्यक्ति ने अपना विगत जीवन किस प्रकार व्यतीत किया और वर्तमान जीवन किस प्रकार जी रहा है।

वास्तव में यथार्थ जीवन की घटनाओं में जब व्यक्ति द्वारा प्रयत्न किए जाते हैं तो वह भाग्य से मिलकर अपना परिणाम देते हैं अतः आपका भूतकाल (या भाग्य) वर्तमान में स्वतंत्र इच्छा का उपयोग करके सुधारा जा सकता है। भूतकाल को सुधारने की स्वतंत्रता और भविष्य को बेहतर या बदतर बनाने का प्रयत्न ही पुरुषार्थ या आत्म प्रयत्न है। आपके आत्म प्रयत्न आपके भूतकाल से मिलकर आपके भविष्य को बदतर या बेहतर बनाते हैं।

भाग्य पर स्वतंत्र इच्छा शक्ति का प्रभाव

यद्यपि जीवन में भाग्य प्रतिबंधक शक्ति है तथापि प्रत्येक व्यक्ति को दी गई स्वतंत्रता इच्छा या सीमित स्वतंत्रता का उपयोग कर आप भाग्य को धीरे-धीरे हरा सकते हैं। आपको भाग्य चक्र में एक असहाय दास की तरह घूमने की आवश्यकता नहीं। आप अपनी स्वतंत्र इच्छा और आत्मप्रयत्न के आधार पर इससे अलग हो सकते हैं। भाग्य स्वतंत्र इच्छा से अधिक शक्तिशाली नहीं हो सकता क्योंकि वह स्वयं आपके द्वारा भूतकाल में उपयोग की गई स्वतंत्र इच्छा से निर्मित है। भाग्य की सभी शक्तियों को हराते हुए आपकी इच्छा शक्ति को अंत में सफल होना पड़ेगा। दृढ़ इच्छाशक्ति के सामने भाग्य की सभी शक्तियों को झुकना पड़ता है। यदि आपको आत्मप्रयत्नों द्वारा सफलता नहीं मिल रही है, आपको दुगनी शक्ति से अपने प्रयत्नों को उस समय तक करते रहना चाहिए जब तक की आप भाग्य (प्रारब्ध) की शक्तियों पर विजय प्राप्त नहीं कर लेते। इस भांति व्यक्तिगत स्वतंत्र इच्छा में भाग्य को बदलने और पूरी तरह पराजित करने की शक्ति है।

वास्तव में मनुष्य में अपनी स्वतंत्र इच्छा को इतने उच्च स्तर तक बलशाली बनाने की शक्ति है कि उसके सम्मुख भाग्य पूरी तरह प्रभावहीन हो जाए। इस स्तर पर वह एक ऐसी ऊंचाई पर पहुंच जाता है जब वह परिस्थितियों से गतिशील नहीं होता बल्कि वस्तुओं को गतिशील कर सकता है, अपरिवर्तनीय और दृढ़ परिस्थितियों को बदल सकता है। अतः यह एक अधिक उच्च शक्ति या अधिक उच्च स्तर है जो ग्रहों से प्रभावित भाग्य को प्रभावहीन कर सकता है।

संक्षेप में योग का उद्देश्य कर्म या भाग्य के चक्र से बाहर निकलना ही है प्रकृति की यांत्रिक प्रक्रिया से, जिसमें आप भाग्य के हाथों में एक अज्ञानी दास या एक असहाय यंत्र की भांति हैं जो योग साधना द्वारा बाहर निकल आते हैं। आप एक ऊंचे स्तर पर पहुंच जाते हैं जहां आप अधिक उच्च भाग्य की रचना अथवा निर्माण के एक गतिशील और सजग हिस्सेदार बन जाते हैं।

पशुओं में स्वतंत्र इच्छा नहीं होती

स्वतंत्र इच्छा शक्ति का यह गुण केवल मनुष्यों में है पेड़-पौधों और पशु जगत में यह नहीं पाया जाता। तथापि जैसी कि पहले व्याख्या की जा चुकी है मनुष्यों के जीवन में स्वतंत्र इच्छा का प्रभाव भाग्य की भूमिका के कारण परिवर्तित हो जाता है। भाग्य और स्वतंत्र इच्छा दोनों एक दूसरे पर क्रिया-प्रतिक्रिया करते हैं, दोनों एक दूसरे को प्रभावित करते हैं व एक दूसरे से प्रभावित होते हैं।

ज्योतिष और भाग्य

कर्म और ज्योतिष दोनों में से कोई भी एक कठोर और अपरिवर्तनीय भाग्य की बात नहीं करते। ग्रह हमारे भाग्य पर शासन नहीं करते ग्रह केवल भाग्य को रिकार्ड करते हैं। वे केवल संकेत करने वाले होते हैं, और अक्सर भाग्य की कई संभावनाओं की ओर संकेत करते हैं। ज्योतिषी स्वयं कहते हैं कि दैत्य और पुरस्कार अर्थात भाग्य और इच्छा शक्ति दो शक्तियां हैं तथा इच्छा शक्ति भाग्य को बदल सकती है और उसे पूरी तरह पराजित कर सकती है। यही कारण है कि ऐसा कोई भविष्य वक्ता नहीं हुआ जो पूर्ण रूप से सही भविष्यवाणी कर सके। इसके मतलब यह नहीं की भविष्यवाणी करने की शक्ति झूठी है। ऐसा इसलिए है क्योंकि केवल आंशिक रूप से सही भविष्यवाणी की जा सकती है, कारण यह है कि व्यक्तिगत स्वतंत्र इच्छा या प्रयत्न भाग्य के साथ जुड़े होते हैं। भाग्य को निश्चित करने के लिए शक्तियों के स्तर पर कोई पूर्ण कठोरता नहीं है। यह अक्सर देखा गया है कि जब एक व्यक्ति का सामान्य जीवन अध्यात्मिक जीवन की ओर मुड़ जाता है तो जन्म पत्री की भविष्यवाणियां उस पर पहले की तरह लागू नहीं होती। यहां यह निष्कर्ष निकाला जा सकता है कि अध्यात्मिक चेतना की उपलब्धि पुराने भाग्य को सरलता से समाप्त कर सकती है। चेतना के इस स्तर पर रहने से अधिक गतिमान स्वतंत्रता मिल जाती है। जब एक व्यक्ति सर्वोच्च स्तर की अध्यात्मिक चेतना प्राप्त कर लेता है उसे असीमित स्वतंत्रता उपलब्ध हो जाती है; वह किंचित मात्र भी भाग्य के बंधन में नहीं रहता वरन् वह अपने भाग्य का स्वामी बन जाता है।

सच्चे सुख का स्त्रोत

प्रत्येक मानव में सुख या आनंद को प्राप्त करने की एक आंतरिक इच्छा होती है। हम जो भी कार्य करते हैं वह अपनी प्रसन्नता के लिए करते हैं। व्यक्ति पत्नी या पति को पाने के लिए विवाह नहीं करता बल्कि प्रसन्नता पाने के

लिए करता है, व्यक्ति प्रसन्नता पाने के लिए ही बच्चों को जन्म देता है; वह प्रसन्नता पाने के लिए ही नौकरी करता है तथा धन कमाता है।

यह आश्चर्य की बात नहीं है क्योंकि प्रसन्नता की खोज करना हमारी मूल प्रकृति है। जब तक हमको पूर्ण प्रसन्नता या सुख प्राप्त नहीं हो जाता हम कभी संतुष्ट नहीं हो सकते–पूर्ण संतोष जिसमें पूर्ण शांति, प्रेम, बुद्धिमत्ता और आनंद, सम्मिलित है। हमारी अंतरात्मा आनंद, शांति और प्रेम से पूर्ण है। हम अपनी अंतरात्मा के जितने अधिक निकट जाते हैं उतनी ही अधिक प्रसन्नता अथवा आनंद अनुभव करते हैं।

लेकिन मानवता इस प्रसन्नता या आनंद को कहां खोजती है? वह इन्हें सांसारिक वस्तुओं में, अधिकार में, बाहरी दशाओं में, दूसरे व्यक्तियों के साथ संबंध रखने में। लोग इसे हमेशा गलत स्थानों में खोजते रहें हैं, इसलिए वे निरंतर इससे अपना संबंध खोते जा रहे हैं। लोग व्यग्रता से इसे खोज रहे हैं, लेकिन वे इसे उन स्थानों पर नहीं पा सकते जहां वे इसे पाने की कोशिश कर रहे हैं और इससे उन्हें निराशा मिलती है; केवल निराशा ही नहीं बल्कि अत्यधिक अप्रसन्नता व क्रोध इस प्रक्रिया के दौरान एकत्रित होता जाता है जिससे कभी-कभी बहुत सी हिंसा घटित होती है। प्रसन्नता या आनंद हमारे अपने अंदर है और उसके लिए हमें अपने अंदर की ओर मुड़ना होगा तथा अपनी अंतरात्मा की ओर यात्रा करनी होगी जो कि अनंत प्रसन्नता और शांति का स्रोत है और उससे हम जितना चाहें उतना प्राप्त कर सकते हैं। योग और ध्यान अपनी आत्मा की ओर इस आंतरिक यात्रा के उपकरण हैं।

परिवर्तनशील और नश्वर वस्तुएं सच्चा आनंद प्रदान नहीं कर सकतीं

सृष्टि की प्रकृति ही ऐसी है कि इस संसार में किसी वस्तु, व्यक्ति अथवा किसी अवस्था में पूर्ण आनंद प्राप्त करना असंभव है। सृष्टि की रचना में प्रत्येक वस्तु परिवर्तनशील और नश्वर है तथा यह युक्तिसंगत है कि अस्थायी या क्षणिक वस्तुएं अथवा स्थितियां आपको अस्थायी और सदा रहने वाला आनंद नहीं दे सकतीं। वे केवल आपको अस्थायी और भ्रम पूर्ण रोमांच तथा सुख दे सकती हैं।

इस संसार की कोई चीज आपको सच्चा आनंद नहीं दे सकती इसका मुख्य कारण यह है कि सृष्टि का निर्माण द्वैतवाद के सिद्धांत के आधार पर हुआ है जैसे कि नीचे व्याख्या की गई है।

जगत की द्विविधता

जगत की परिभाषा करते हुए कहा जाता है कि जिसकी प्रकृति में द्विविधता है वही जगत है। इसका आशय यह है कि यहां प्रत्येक वस्तु दो विरोधी वस्तुओं से मिलकर बनी है। उदाहरण के लिए रात-दिन, जीवन-मृत्यु, गर्मी-सर्दी, स्त्री-पुरुष, युवा-वृद्ध, प्रसन्नता-पीड़ा, सुख-दुख, मिलन-वियोग आदि।

ये दोनों पक्ष एक-दूसरे से अलग नहीं हो सकते। वे सांसारिक वस्तुओं की प्रकृति में निहित हैं। वे एक ही सिक्के के दो पहलू हैं।

इससे यह निष्कर्ष निकलता है कि कोई भी वस्तु जो आपको सुख देती है वह दुख भी देती है, कोई व्यक्ति या वस्तु जो आपके साथ है या आप से संबंधित है उसे आपसे कभी अलग होना पड़ेगा या आपको छोड़ना पड़ेगा। यदि आपको कभी कोई लाभ या उपलब्धि होती है, आपको किसी दूसरे समय हानि भी उठानी पड़ सकती है। यदि आपको किसी चीज से कुछ सुविधाएं हैं तो उससे आपको कभी असुविधा भी होगी। उदाहरण के लिए जब आप विवाह करते हैं तो आपको कुछ सुविधाएं और सुख प्राप्त होते हैं लेकिन इसके साथ ही अतिरिक्त उत्तरदायित्वों, भारों और समायोजन करने के रूप में कुछ असुविधाएं भी मिलती हैं। इसी प्रकार जब आप कहीं एक मकान खरीदते हैं, आपको कुछ सुविधाएं मिलती हैं पर साथ ही उससे संबंधित कुछ तनाव तथा परेशानियां भी। ऐसा सभी चीजों के साथ है। कभी-कभी लोग एक वस्तु का एक ही पक्ष देखते हैं और उससे अपना निष्कर्ष निकाल लेते हैं कि वह बहुत अच्छी या खराब है। परंतु वे उसका विरोधी या विपरीत पक्ष देखना भूल जाते हैं। इसीलिए कहा जाता है, जो कुछ दिखाई देता है वही सदा सच नहीं होता।

उपर्युक्त तथ्य को दैवी संतुलन का नियम भी कहा जाता है। इसके अनुसार यदि आप अपने जीवन में कष्टों और पीड़ाओं से बचना चाहते हैं, आपको सुविधाओं और सुखों को भी त्यागना होगा। यदि आप अपमान नहीं कराना चाहते हैं तो आपको प्रशंसा पाने की इच्छा को भी त्यागना होगा। लेकिन समस्या यह है कि हम में से प्रत्येक अच्छी, सुखद और सुंदर वस्तुएं ही चाहता है, कष्टदायक और खराब नहीं। लोग यह विश्वास करते हैं कि वे जीवन को तथाकथित खुशियों और सुखों से सभी कष्टों पीड़ाओं और दुखों को दूर कर सकते हैं लेकिन ऐसा करना असम्भव है और यह विश्वास ही मनुष्य का सबसे बड़ा जंजाल है। इस द्वैतात्मक संसार में दुख के बिना सुख नहीं हो सकता, अंधकार के बिना प्रकाश नहीं हो सकता, बुराई के बिना

अच्छाई नहीं हो सकती। आपको सिक्के के दूसरे पहलू के बिना पहला पहलू नहीं मिल सकता। इससे हम इस मूल सिद्धांत पर पहुंचते हैं कि हम अपनी अतंरात्मा की गहराइयों से जो चीज पाने के लिए व्याकुल रहते हैं उसे संसार की किसी वस्तु में नहीं पाया जा सकता।

सच्ची खुशी और आनंद पाने के लिए हमें संसार की द्वैतात्मकता के पार जाना होगा। इस संसार की द्वैतात्मकता की प्रकृति से अप्रभावित रहने की सर्वोत्तम विधि सांसारिक वस्तुओं और घटनाओं के प्रति ऐसा अनासक्ति दृष्टिकोण रखने का है मानो आप उनके केवल एक दर्शक मात्र हैं अर्थात सफलता में बहुत अधिक खुश मत होइए और असफलता में अधिक दुखी मत होइए। लाभ-हानि, सफलता-असफलता सभी में संतुलित रहिए। एक बार जब आप इस मानसिक स्तर पर पहुंच जाते हैं, आप द्वैतात्मकता के पंजों से मुक्त हो जाते हैं।

अंतरात्मा–परम आनंद का स्त्रोत

अनंत आनंद अथवा प्रसन्नता जिसका कोई विपरीत पक्ष नहीं है अपने अंतर से आती है, आपकी आत्मा की गहराइयों से; यही है जिसे हमें ध्यान तथा योग अभ्यास द्वारा प्राप्त करने का प्रयत्न करना चाहिए। जैसे-जैसे आप योग और ध्यान द्वारा अपनी आत्मा के प्रति अधिक सजग होते जाते हैं वैसे-वैसे आप स्वत: वस्तुओं और व्यक्तियों पर आत्म संतोष के लिए निर्भर रहना कम करते जाते हैं। इसका अर्थ यह नहीं है कि आप बाहरी अनुभवों का सुख अनुभव करना बंद कर देते हैं। वास्तव में आप संसार का तब और अधिक आनंद ले सकते हैं, क्योंकि उससे कोई अपेक्षा न रखने के कारण आप और अधिक स्वतंत्र हो जाते हैं। इसका केवल यह अर्थ है कि आप अपने संतोष, आराम और स्थायित्व के लिए संसार पर निर्भर नहीं करेंगे; आपका संतोष और संतुष्टि आप में निहित रहेगा। जब आप अपनी खुशी के लिए दूसरों पर निर्भर करते हैं आपकी पूरी दृष्टि पक्षपात पूर्ण हो जाती है। आप उनसे स्वतंत्र रूप से संबंध बनाने और उनसे सुख पाने के योग्य नहीं रहते। बाहरी जगत में प्रसन्नता पाने की खोज करने से हमें बेचैनी के विस्तृत सागर में संतोष के छोटे-छोटे क्षणिक द्वीप ही मिल सकते हैं।

बाहरी परिस्थितियां और मानसिक दबाव

बहुत से लोगों को यह भ्रम और गलत विश्वास होता है कि खुशी पाने के लिए उनसे बाहर की वस्तु या व्यक्ति को बदलना चाहिए, परंतु हमसे बाहर की

परिस्थितियां और व्यक्ति प्रायः नहीं बदले जा सकते। हम इस संसार को नियंत्रित और परिवर्तित नहीं कर सकते क्योंकि हम इसके नियंत्रक नहीं हैं। हम केवल अपने को बदल सकते हैं। अतः बाहरी परिस्थितियों और दशाओं को परिवर्तित करने में अधिक शक्ति लगाने के बजाए व्यक्ति को उचित ज्ञान के आधार पर अपने मानसिक दृष्टिकोण तथा प्रतिक्रियाओं के तरीके में परिवर्तन लाने पर अधिक ध्यान केन्द्रित करना चाहिए। इस कथन का आशय यह नहीं कि व्यक्ति को अपने वातावरण को बदलने के लिए प्रयत्न नहीं करना चाहिए। व्यक्ति को जहां तक संभव हो अपने बाहरी वातावरण को अधिक विधायक, सद्‌भावना पूर्ण व अनुकूल बनाने के लिए निश्चित रूप से प्रयत्न करना चाहिए। लेकिन आपको अपनी प्रतिक्रियाओं पर भी नियंत्रण करना सीखना चाहिए ताकि बाहरी वातावरण में चाहे कुछ भी घटित हो आप बिल्कुल भी विचलित न हों, बाहरी घटनाएं कभी इतनी महत्वपूर्ण नहीं होतीं जितनी की उनके प्रति हमारी प्रतिक्रियाएं। बाहरी सच्चाइयां और तथ्य चाहे कितने कठोर हों उनके प्रति हमारा दृष्टिकोण ही महत्वपूर्ण होता है।

बाहरी समस्याएं विपरीत अवस्थाएं और परिस्थितियां हमारी शांति को भंग करने की सामग्री प्रस्तुत करती हैं लेकिन यही हमारी अशांति के कारण नहीं होते वे तभी मानसिक दबाव या तनाव उत्पन्न कर सकते हैं जब उनके साथ हम अपनी नकारात्मक प्रतिक्रियाएं जोड़ देते हैं। अतः हमारे मन के समर्थन के बिना कोई भी परिस्थिति या दशा हमारे लिए मानसिक दबाव का कारण नहीं बन सकती।

मन की गति को धीमा करना

अधिकांश लोगों का मन अत्यधिक तीव्रता से गति करता है और एक के बाद दूसरा विचार आता रहता है। उनका मन एक क्षण के लिए भी शांत रहने की सामर्थ्य नहीं रखता। वे सदैव योजना बनाते, चिन्ता करते, घूमते और तनावग्रस्त रहते हैं। धीरे-धीरे यह आदत गहरी जड़ जमा लेती है और इसी प्रकार का उनका मन बन जाता है। उस समय भी जब कोई चिन्ता नहीं होती वर्तमान समय से परे भूत या भविष्य के आधार पर विचार करते हैं तभी आपके मन की गति बढ़ जाती है और इसके परिणामस्वरूप हाथ में लिया हुआ वर्तमान कार्य भली प्रकार नहीं हो पाता।

सामान्यतः जब हम कोई काम कर रहे होते हैं; हम समय से आगे विचार

करना शुरू कर देते हैं कि जब कार्य खत्म हो जाएगा तब हम खाली समय का मजा ले सकेंगे। इस प्रक्रिया में हम वर्तमान की उपेक्षा कर अपना समय प्रसन्नता रहित अवस्था में व्यतीत करते हैं। यह हमारा भविष्य के आधार पर तीव्र गति से विचार करने वाला मन है जो हमारे वर्तमान क्षण की प्रसन्नता का अवरोध करता है और हमारे मन को निरंतर उत्तेजित रखता है।

एक बार जब आप हाथ में लिए हुए कार्य पर अपने मन को एकाग्र करना सीख जाते हैं, आप पाएंगे की अत्यधिक साधारण और उबाऊ काम भी पूरी तरह रोचक और प्रसन्नता तथा संतोष के स्रोत बन जाते हैं।

केवल अपने मन की गति को कम करके और अपने चारों ओर घटित होने वाली प्रायः नीरस और उबाऊ लगने वाली चीजों पर प्रति क्षण ध्यान देकर उन्हें अत्यधिक रोचक तथा सुखद बनाया जा सकता है। यदि हम अपने कार्य में आनंद और खुशी का अनुभव करना चाहते हैं तो हमें कार्यों को जल्दी-जल्दी करने और उन्हें जितना शीघ्र संभव हो निपटाने के दृष्टिकोण को छोड़ना होगा। इसके स्थान पर प्रत्येक कार्य चाहे जितना भी छोटा हो उसे सजगता और सावधानी से करने का दृष्टिकोण अपनाना होगा। ऐसे लोग चिंता का कारण खोजते रहते हैं और सदैव स्वतंत्र चिंता तथा परेशानी में खोए रहते हैं। जब कुछ करने को नहीं होता तब वे बजाए इसके कि समय का उपयोग अपने मन को शांत तथा शिथिल रखने के लिए करें तनावग्रस्त होकर इधर-उधर घूमते रहते हैं कि अब क्या किया जाए?

मन के वेग का क्या अर्थ है? यह एक माप (पैरामीटर) है जो समय की प्रति इकाई के अंदर आपके मन में जितने विचार आते हैं उनको सूचित करता है। आपके मन को शांत करने का अर्थ है समय की प्रति इकाई के अंदर मन में आने वाले विचारों की संख्या को कम करना, मान लीजिए पहले आपके मन में एक मिनट में एक हजार विचार आया करते थे और अब उतने ही समय में केवल सौ विचार आते हैं इसका अर्थ है कि आपने अपने मन के वेग को इस सीमा तक कम कर लिया है। मन का वेग विशेष रूप से जल्दबाजी अधैर्य और हताशा की अवधि में बहुत अधिक होता है।

मन के तीव्र वेग या मन में अत्यधिक तीव्रता से विचारों का उमड़ना विशेष रूप से एक कमजोर और अनियंत्रित मस्तिष्क का चिन्ह है। एक नियंत्रित मन जब तक चाहे केवल एक विचार को रख सकता है और अन्य किसी विचार को नहीं आने दे सकता। यह अपनी इच्छानुसार जितनी देर चाहे विचार रहित भी रह सकता है।

मन के वेग को कम करने का एक तरीका अपने हाथ में आये वर्तमान कार्य में उसे केन्द्रित करना है। भूतकाल की यादों में मत रहिए और भविष्य की आशाएं और आशंकाएं मत करिए। वर्तमान में रहना सीखिए। जब आप और हम प्रत्येक छोटे कार्य पर ध्यान नहीं देते हैं, तो महत्वपूर्ण कार्यों को भी ध्यान पूर्वक नहीं कर सकेंगें, क्योंकि मानसिकता और दृष्टिकोण को अचानक नहीं बदला जा सकता।

अकेलापन और बोरियत

अध्यात्मिक भाषावली में वही व्यक्ति अकेला है जो अपना सामना नहीं कर सकता और केवल ऐसा ही व्यक्ति अपने मन को लगाए रखने के लिए दूसरी वस्तुओं और व्यक्तियों की ओर भागता है। जब वह अपने मन को लगाये रखने के लिए कोई वस्तु या व्यक्ति नहीं पाता है तो अपने को उदासीन अनुभव करता है। उदासीनता किसी वस्तु की चाह होने परंतु उसे न पाने पर उत्पन्न होती है। उसे यह बोध नहीं होता कि आनंद का अनुभव वस्तुओं के बिना भी ध्यान को अपने अंतर की ओर मोड़ने से भी प्राप्त किया जा सकता है।

परंतु अपने संतोष के लिए दूसरी वस्तुओं या व्यक्तियों पर निर्भर करना अत्यधिक भ्रामक है क्योंकि इस संसार में कुछ भी आपके साथ स्थायी रूप से रहने वाला नहीं है। हर चीज एक दिन आपको छोड़ जाएगी और फिर चाहे स्वेच्छा से अथवा विवशता से आपको अपने साथ ही रहना पड़ेगा। हमारे सामान्य दिन-प्रतिदिन के व्यस्त जीवन में भी ऐसे क्षण आते हैं जब हम अकेले और केवल स्वयं के साथ होते हैं।

यदि आप अकेले नहीं रह सकते, इसके अर्थ हैं कि आप अपने में शांत नहीं हैं। आपके अंदर अनेकों संघर्ष और उत्तेजनाएं हैं जो जैसे ही आप अकेले बैठते हैं कष्ट देने लगती हैं। अतः उनसे बचने के लिए आप सदैव कोई बाहरी सहायता वस्तुओं और व्यक्तियों के रूप में चाहते हैं ताकि आपका मन आंतरिक संघर्षों के बजाए बाहरी चीजों में उलझा रहे। लेकिन यह तो वास्तविक समस्याओं से बचकर भागने जैसा है। यह अस्थायी प्रबंध आपको शाश्वत शांति और संतोष नहीं प्रदान कर सकता; जिसके लिए आप आंतरिक हृदय से व्याकुल हैं।।

देर-सबेर आपको उस शांति को पाने के लिए जिसके लिए आप व्याकुल हैं अपने अंदर जाना पड़ेगा। ***अपने आप से भागना शांति पाने का मार्ग नहीं है।*** इससे केवल शांति की उपलब्धि में देरी लगती है। अत: विषय का मूल प्रश्न यह है कि आपको स्वयं को पसंद करना और उसके साथ रहना सीखना पड़ेगा। यदि आपके व्यक्तित्व में कोई विघ्नकारी कारक हैं, उनसे भागने की बजाए उनका हल करने का प्रयत्न करिए। स्मरण रखिए की अंतत: इस संसार में आपको अपने साथ रहना होगा और कोई आपके साथ नहीं रहेगा।

आत्मज्ञान की उच्च स्थिति पाने पर आपको अपनी मानसिकता इस स्तर तक बढ़ानी चाहिए कि आप भीड़ में भी अपने को अकेला अनुभव कर सकें और एकांत में रहते हुए भी अपने को भीड़ में अनुभव कर सकें। हम सभी ने अपने को भीड़ में रखने की आदत बना ली है। हम अकेले रहने से डरते हैं यद्यपि वास्तविकता यह है कि हमारा अकेलापन ही सत्य है। हम इस संसार में अकेले आए हैं अकेले हैं और अकेले ही जाएंगे। क्या यह सत्य नहीं है कि हजारों लोगों से घिरे हुए भी व्यक्ति सदैव अकेला होता है। अपने अकेलेपन को पहचानिए और उसे अनुभव करिए। प्रतिदिन कुछ समय के लिए ऐसे रहिए कि आप इस संसार में अकेले हैं। इस समय न आप पति हैं, न पिता हैं, न पुत्र हैं, न विद्यार्थी हैं, न कर्मचारी, न स्त्री हैं न पुरुष आप बस आप हैं।

मोह का त्याग

कुछ लोग सोचते हैं कि उनके विकास और खुशी का मार्ग चीजों को अधिक से अधिक एकत्रित करने, जीवन में जितने अधिक से अधिक लोगों से संबंध बनाना सम्भव हो उतने संबंध बनाने, अधिक-से-अधिक नौकरियों को बदलने और जितना संभव हो सके उतने अधिकतम स्थानों की यात्रा करने आदि में है।

लेकिन दुर्भाग्यवश यही लोग जीवन के अंतिम प्रहर में जब अपने बीते हुए जीवन के बारे में विचार क़रते हैं तो उन्हें आश्चर्य होता है कि इतना सब उन्होंने किस लिए किया? उन्होंने इतनी भाग-दौड़ क्यों की?

वास्तव में, सच्चाई यह है कि खुशी चीजों को एकत्रित करने में नहीं वरन् उन्हें त्यागने और उनको मोह छोड़ने में है। जितना आप मोह का त्याग करेंगे, उतना ही आप चिंता रहित और चैन पाएंगे। लेकिन मोह त्यागने का यह अर्थ नहीं कि आपके पास जो कुछ भी है वह सब फेंक दें। आप हर चीज को रखते हुए भी मन में उनके मोह से अलग रह सकते हैं। इसे ही सच्चाई में त्याग करना कहते हैं। यह दृष्टिकोण केवल भौतिक वस्तुओं पर ही नहीं वरन् आपके मन में जो बहुत सी भावनाएं जड़ बनाए हुए हैं उन पर भी लागू होता है। उदाहरण के लिए मान लीजिए कि आपके मन में कुछ वस्तुओं के लिए आकुलता है, कुछ लोगों के प्रति द्वेष घृणा है, इन भावनाओं को पत्थर की तरह पानी में छोड़ दीजिए और अपने को उनसे मुक्त कर लीजिए।

किसी चीज को पकड़ कर रखने में तनाव भरा कष्ट होता है जबकि उसी चीज को छोड़ देने से आराम और सुख का अनुभव होता है। आप जब अपने आप को किसी विशेष वस्तु से जोड़ लेते हैं या आसक्त हो जाते हैं तो आपके कार्यों की स्वतंत्रता समाप्त हो जाती है और संभावना यही रहती है कि आप संसार में उन्हीं मोह या आसक्तियों के अनुसार विचार और कार्य करेंगे। इससे आप सच्चाई को उस रूप में नहीं देख पाते जैसी कि वह है। सच्चाई का अज्ञान कष्ट और असंगति पैदा करता है और आपके जीवन की प्रगति को रोकता है।

5

प्रेरक वचन

- जब हम अपने मन के स्वामी बन जाते हैं तब कोई भी अच्छाई या बुराई हमें प्रभावित नहीं करेगी, फिर हमारे लिए कोई गुलामी नहीं है।
- मनुष्य अपने मन में जो विचार कर सकता है उसे वह उपलब्ध भी कर सकता है।
- आप अपनी संपूर्ण जिंदगी की अवधि में केवल एक व्यक्ति को ही बदल सकते हैं और वह व्यक्ति आप स्वयं हैं।
- इसमें संदेह है कि आप दुनिया को बदल सकें लेकिन आप निश्चित रूप से अपने को बदल सकते हैं।
- खुशी न तो इच्छा की पूर्णता है और ना ही इच्छाओं का दमन। यह तो इच्छाओं पर काबू पाना है।
- इस संसार में ऐसी कोई समस्या नहीं है जो कि आपके मन से अधिक शक्तिशाली हो।
- जब एक बार आप अपने को परमात्मा को समर्पित कर देते हैं तब आप जीवन में कुछ भी प्राप्त कर सकते हैं।
- आपकी खुशी आपके ही हाथों में होनी चाहिए न कि दूसरों के हाथों में।
- सत्य में ऐसी शक्ति है कि वह जीवन की सभी परीक्षाओं और संकटों का सामना कर सकता है।
- सत्य हमेशा सत्य ही रहेगा चाहे इसे मानने वाला एक भी न हो।
- जब आपको यह अहसास हो जाता है कि आप बहुत कम जानते हैं, तब ही आप सीखने के लिए उपयुक्त बनते हैं।
- एक व्यक्ति अपने हर छोटे काम से जांचा जाता है। इसके लिए बड़े कार्यों का मूल्यांकन आवश्यक नहीं।

- आप जीवन में प्रत्येक सर्वोत्कृष्ट वस्तु के पात्र हैं। यह आपकी इच्छा नहीं अपितु यह परमात्मा के दिव्य बालक होने के नाते आपका अधिकार है। इसलिए कभी भी सर्वोत्कृष्ट से कम को स्वीकारने में समझौता न करो।
- अध्यात्मिकता का अर्थ यह नहीं कि आप वस्तुओं को प्राप्त न करें, इसका अर्थ तो केवल उनसे अपने को सर्वथा मुक्त रखना है, हो सकता है कि एक राजा विशाल दौलत और शोहरत होते हुए भी अपने को उनके मोह से मुक्त रखे; जबकि एक भिखारी अपने फटे हुए कपड़ों के साथ बहुत अधिक संलग्न रहने वाला व्यक्ति हो सकता है।
- स्वयं के लिए कठोरता तथा दूसरों के लिए उदारता ही सच्ची महानता है।
- सबसे महान व्यक्ति वही है जो सबका सेवक है।
- सत्य कभी नष्ट नहीं हो सकता। यह केवल अस्थायी काल के लिए घट सकता है। सत्य के पास एक शक्ति होती है जो उस समय तक विश्राम नहीं करती जब तक वह प्रकट न हो जाए।
- असत्य कभी खड़ा नहीं हो सकता क्योंकि असत्य में एक अंतर्निहित कमजोरी होती है। इसलिए यह एक दिन अवश्य गिर जाता है।
- सबसे अधिक व्यस्त व्यक्ति के पास ही सबसे अधिक समय होता है।
- प्रत्येक विषय में अंतिम निर्णय भगवान का होता है, आपका नहीं, आपको केवल अपने कर्मों का पालन करने की स्वतंत्रता दी जाती है परिणाम की स्वतंत्रता नहीं।
- परमात्मा और आपके बीच में अहंकार सबसे बड़ी बाधा है, यह आपके तथा परमात्मा के बीच में एक दीवार के समान कार्य करती है।
- अध्यात्मिकता का यह अर्थ नहीं होता कि संसार तथा अपने कर्मों से विमुख होकर एकाकी हो जाओ। इसका अर्थ तो केवल उन्हीं कर्मों को करते हुए उसी संसार में रहते हुए अपने व्यवहार को बदलना है।
- आपके साथ एक शक्ति सदैव रहती है जो कि उन सभी बाधाओं से महान है जो आपके जीवन में आ सकते हैं।
- अपने आपको खुश रखने का सर्वोत्तम तरीका यह आश्वस्त करना है कि दूसरे भी खुश हैं।

- यदि आपकी स्वीकृति न हो तो कोई भी व्यक्ति आपका कुछ नहीं कर सकता।
- इस संसार में अनुभव का सबसे बड़ा भय उसके अंदर स्थित है, किसी बाहरी स्रोत में नहीं।
- यदि आपके पास एक दृढ़ निश्चय से युक्त मन है और जिसके पीछे परमात्मा में अटल विश्वास है तो आप सफलता प्राप्त न करें यह असंभव है।
- यदि आप जीतना चाहते हैं लेकिन आप सोचते हैं कि आप जीत नहीं सकते तो यह लगभग निश्चित है कि आप नहीं जीतेंगे। विचारों में ऐसी शक्ति होती है।
- इस संसार की कोई भी चीज आपको न प्रभावित कर सकती है और न भयभीत कर सकती है जब तक कि आपका मन उसे स्वीकृति न दे। मन में इतनी महान शक्ति है।
- मन आपका सबसे महान मित्र है तथा मन ही आपका सबसे बड़ा शत्रु है। अगर आप इसका प्रयोग सही तरीके से करते हैं तब यह आपका परम मित्र है और यदि आप इसका गलत प्रयोग करते हैं तो यह आपका सबसे बड़ा शत्रु है।
- भगवान से वस्तुओं व सेवाओं की मांग मत करो। आपकी मांगें, आपके तथा परमात्मा के मध्य बाधा की तरह कार्य करती हैं। जो कुछ भी आपके पास है उसके लिए परमात्मा को धन्यवाद दीजिए।
- जीवन का उद्देश्य एक दिन मरना नहीं होना चाहिए, आपको यहां कोई उद्देश्य पूर्ण करना होगा।
- एक पौंड अभ्यास, टनों सिद्धांतों से अच्छा है।
- आप अपने को परमात्मा के प्रति जिस मात्रा में समर्पित करते हैं उसी मात्रा में आप परमात्मा की सहायता प्राप्त करते हैं। यदि आपका पूर्ण समर्पण है तब आपके लिए हर चीज परमात्मा के द्वारा की जाएगी।
- परमात्मा सरल है और सब जटिल है।
- संसार की सार्थकता हमारे प्रयोग के लिए है हमारे अधिकार के लिए नहीं इसका उपयोग अपने उद्देश्य को प्राप्त करने के एक साधन के रूप में करना है।

- सच्चा उपदेश अपने कर्म और व्यवहार द्वारा दिया जाता है, शब्दों द्वारा नहीं। कर्मों द्वारा दिए गये उपदेश का प्रभाव शब्दों से दस गुना अधिक होता है।
- हमारे सभी कार्य हमारे मूल स्वभाव का प्रतिबिम्ब होने चाहिए जो कि सदैव शुद्ध एवं आनंद से पूर्ण है। हमारे सभी कार्य दिव्यता से पूर्ण होने चाहिए।
- एक महान आत्मा किसी भी परिस्थिति में सदैव खुश रहने के कारण खोजेगी। एक निम्न आत्मा किसी भी परिस्थिति में सदैव उदास होने के कारण खोजेगी।
- कुछ करने के लिए समय कभी भी अलग से उपलब्ध नहीं होगा। अगर आप कुछ करना चाहते हैं तो आपको उन्हीं चौबीस घंटों में से समय निकालना पड़ेगा।
- जब आप परमात्मा को आत्म समर्पण कर देंगे, आपको एक प्रकार का विश्वास हो जाएगा कि जो कुछ भी आपकी आवश्यकताएं और इच्छाएं हैं वे निश्चित ही पूरी होंगी और तब उनके अपूर्ण होने का कोई प्रश्न ही नहीं होगा।
- जो कार्य आपके हाथ में है यदि आप उन्हें भली प्रकार कर सकें तो जो कार्य आपके हाथ में नहीं हैं स्वत: दूर हो जाएंगे।
- किसी भी व्यक्ति को सहायता नहीं दी जा सकती जब तक कि वह स्वयं सहायता नहीं चाहे।
- आप जिन भयों को बाहरी संसार में अनुभव करते हैं वे केवल आपके अंदर से ही उत्पन्न होते हैं। यद्यपि ऐसा प्रतीत नहीं होता लेकिन गंभीर चिंतन के द्वारा आप अनुभव कर सकते हैं कि आप स्वयं ही अपने भयों के स्रोत हैं।
- अगर आपकी मांग सच्ची है और सृष्टि की व्यवस्था के अनुकूल है तो आपकी मांग अवश्य ही पूसी होगी। अगर ऐसी वस्तु इस ब्रह्मांड में नहीं है तो भी उसका निर्माण आपके लिए किया जाएगा।
- बीमारी पहले मन में होती है, आप जब तक बीमारी का अनुभव नहीं करते आप बीमार नहीं हो सकते।
- स्वयं आपको छोड़कर आपको कोई खुश नहीं कर सकता।

- वास्तव में कोई भी व्यक्ति किसी दूसरे व्यक्ति द्वारा शिक्षित नहीं किया जाता; बाहरी शिक्षक तो केवल आंतरिक शिक्षक को जाग्रत करता है।
- क्रोध, उत्तेजना और क्षोभ केवल यह दर्शाते हैं कि हम अभी भी स्वामी होने की बजाए मन के दास हैं।
- इस सच्चाई को जानिए कि इस संसार में रहते हुए भी आप सबसे पूर्णतया अलग हैं तब आप किसी भी कार्य के बंधन में नहीं फंसेंगे।
- आप दूसरों में केवल वही देख सकते हैं जो आप में है, आप दूसरों के दोष उस समय तक नहीं देख सकते जब तक कि वैसे ही दोष आप में न हों।
- हमारे जीवन की समस्याएं और कष्ट जीवन रूपी विद्यालय की परीक्षाएं हैं जो हमको कई तरह की शिक्षाएं देती हैं।
- संसार एक रंगमंच या एक नाटक है जहां हम कलाकार हैं जो अपनी निर्दिष्ट भूमिका को निभाते हैं। हमारी भूमिका नहीं वरन् यह महत्वपूर्ण होता है कि हम किस प्रकार उस भूमिका को भली प्रकार से निभाते हैं।
- जीवन में आप जितने अधिक कष्टों और विपत्तियों का विरोध करेंगे, उतना अधिक ही वे आपको परेशान करेंगी, जितना अधिक आप उनको स्वीकार करेंगे, उतनी अधिक आसानी से वे आपको छोड़ देंगी।
- आप दूसरों के लिए वही हो सकते हैं जो आप स्वयं के लिए हैं। अगर आप अपने प्रति ईमानदार हैं तभी दूसरों के प्रति ईमानदार होंगे।
- सच्ची आध्यात्मिकता सभी धर्मों से ऊपर ले जाती है।
- पैसा आपको खुशी के अतिरिक्त सब कुछ दे सकता है, उसमें आपको सुखों में भी दुखी बनाने की शक्ति है।
- जो कुछ भी हमारे अंदर है वैसा ही हमें बाहरी संसार में प्रतीत होता है। इसलिए प्रत्येक मनुष्य अपना संसार अलग बनाता है जो कि एक दूसरे से भिन्न होता है।
- सच्ची खुशी देने में तथा खोने में है, लेने में नहीं।
- अपनी कमजोरियों को स्वीकारना और पहचानना उनको दूर करने का पहला कदम है।
- आप भाग्य चक्र में अनंत समय के लिए घूमते हुए असहाय जीव नहीं

हैं। आप में अपने भाग्य को आंशिक या पूर्ण रूप से प्रभावहीन करने की शक्ति है। आपने जो कुछ किया है आप उसे मिटा भी सकते है।

- आप जिन परिस्थितियों में हैं उनके लिए आप स्वयं उत्तरदायी हैं और जब तक आप इस सत्य को स्वीकार नहीं करते आपकी परिस्थितियों को बदलने के लिए कुछ नहीं किया जा सकता।
- अगर आप अपना कार्य पूर्ण दक्षता पूर्वक और कम दबाव में करना चाहते हैं तो उसे परमात्मा के सेवक के रूप में करिए, इस विचार से प्रत्येक कार्य परमात्मा द्वारा सौंपा गया हो जाता है।
- यदि आप थोड़ा सा भी परमात्मा की ओर बढ़ सकते हैं तो वह आपकी ओर भागेगा। अगर आप एक कदम उसकी ओर बढ़ाने के लिए तैयार हैं तो वह दो कदम आपकी ओर बढ़ाएगा।
- जिम्मेदारियां लेते हुए कभी उन चीजों का भार मत लो जो तुम्हारे हाथों में नहीं हैं। हर चीज का परिणाम परमात्मा के ऊपर छोड़ दीजिए और हल्के हो जाइये, तुम एक सरल व विनम्र कर्मचारी हो न कि फैसला करने वाले अथवा भाग्य विधाता। यह तो पूर्णतया परमात्मा का कार्य है।
- बुद्धिमान लोग मूर्खों से अधिक सीखते हैं जबकि मूर्ख बुद्धिमानों से बहुत कम।
- हम जो कुछ भी करते हैं भगवान का भाव हमारे साथ होना चाहिए। संसार के इस मेले में हम तभी तक सुरक्षित हैं जब तक हमारे हाथ उस प्रेरक शक्ति के हाथों में है। जैसे ही हमारा हाथ फिसला, हम स्वयं को इस मेले में खो देंगे, और हम एक अत्यधिक परेशानी एवं दुखद परिस्थिति में होंगे।
- आप जो कुछ चाहते हैं उसे अपने पास रखिए, चाहे तो उससे भी अधिक रखिए लेकिन उस पर स्वामित्व रखने का विचार मत करिए।
- सभी धर्मों के लिए आदर तथा स्वीकृति की धारणा परस्पर विरोधी नहीं वरन् एक दूसरे की पूरक हैं। प्रत्येक धर्म दूसरे धर्म को सुदृढ़ बनाता है।
- कोई भी कार्य जो परमात्मा को साथ रक्खे बिना किया जाता है अधूरा है। परमात्मा को अपने कार्य में संयुक्त किए बिना सफलता की कोई गारंटी नहीं है, परमात्मा के बिना संकट कहीं से भी आ सकता है।

- अगर आप पहला कदम उठाते हैं तो आप अंतिम भी उठा सकते हैं, अच्छी शुरुआत से आधा कार्य पूर्ण हो जाता है।
- जिस व्यक्ति ने झुकना सीख लिया उसने लगभग परमात्मा को प्राप्त कर लिया।
- परमात्मा को अपना साथी बनाओ और उसे प्रत्येक कार्य में साथ रखो, ऐसा कोई कार्य नहीं है जो आप परमात्मा की सहायता से नहीं कर सकते।
- किसी घटना के प्रति एक व्यक्ति की मानसिक प्रतिक्रिया उस घटना से कहीं अधिक महत्वपूर्ण है। जीवन की सच्चाइयां कितनी भी कठिन हो सकती हैं तथापि वे उतनी महत्वपूर्ण नहीं जितना उनके प्रति आपका दृष्टिकोण।
- जिस व्यक्ति के विचार, शब्द और कार्यों में समानता है वही महात्मा है।
- मौन सबसे कठोर तर्क है जो आप कभी-कभी अपने शत्रु को देते हैं।
- आप किसी भी स्तर पर हों, आगे उन्नति करने का सदैव अवसर होता है।
- इस संसार में कुछ भी व्यर्थ नहीं है, यहां तक कि एक-एक विचार जो आप सोचते हैं, एक-एक शब्द जो आप बोलते हैं, उससे पूरे संसार पर एक निश्चित प्रभाव पड़ता है, चाहे वह कितना भी सूक्ष्म हो।
- जो व्यक्ति कष्टों और परेशानियों में भी परमात्मा का हाथ देखता है वही उसकी कृपा का सच्चा पात्र है।
- आपकी सबसे खराब कठिनाइयां ही आपकी उन्नति के सर्वोत्तम अवसर हैं।
- आध्यात्मिक विकास का उद्देश्य भौतिक जीवन की सीमाओं से ऊपर उठना है।
- एक सच्चे आध्यात्मिक जिज्ञासु के लिए न कुछ नीचा है न ऊंचा, न तुच्छ और न महत्वपूर्ण। प्रत्येक वस्तु तथा प्रत्येक अवसर उसके लिए मोक्ष प्राप्त करने का एक अवसर है।
- इस संसार में मन सबसे शक्तिशाली वस्तु है। जिसने अपने मन पर पूर्ण विजय प्राप्त कर ली, उसके वश में समस्त शक्तियां होती हैं। जो कुछ वह कहता है उसका एक-एक शब्द धार्मिक पुस्तकों की तरह होता है। वह जहां कहीं जाता है वह स्थान तीर्थ बन जाता है।

- यह जगत एक प्रयोगशाला है जहां हम बहुत सी चीजें सीखने के लिए विभिन्न प्रयोग करते हैं। हमारे सम्मुख विभिन्न प्रकार की जो परीक्षाएं आती हैं उनके द्वारा हम पर भी कभी-कभी प्रयोग किए जाते हैं।
- यदि आप दुख से बचना चाहते हैं तो आपको खुशी से भी बचना पड़ेगा।
- इस संसार तथा शरीर से हम जिन खुशियों और सुखों को पाना चाहते हैं और जिन्हें हम वास्तविक समझते हैं वे यथार्थ में भयानक स्वप्न मात्र हैं।
- परेशानियों और समस्याओं का प्रकट होना तथा कुछ समय पश्चात उनका लोप हो जाना, रात के बाद दिन आने के समान है। अत: प्रत्येक को धैर्यपूर्वक बिना परेशान हुए सहन करना चाहिए।
- यह कभी मत सोचिए कि आप किसी से नीचे हैं और न कभी यह विचार करिए कि आप किसी से बड़े हैं। सभी अंतर झूठे हैं।
- मन एक रहस्यात्मक चीज है जो वास्तव में कुछ नहीं है परंतु सभी कुछ करता है, त्रिलोक में ऐसा कुछ नहीं जिसे इसने नहीं रचा हो। इस संसार की सृष्टि, निर्माण और विध्वंस इसी रहस्यात्मक मन का प्रक्षेपण है।
- वह मनुष्य जो न तो सफलता से अधिक प्रसन्न होता है और न ही दुख में शोक मनाता है, जो प्रतिकूल परिस्थितियों में भी अपना संतुलन बनाए रखता है वह प्रशंसा, निन्दा, संपन्नता और दीनता अर्थात जीवन की सभी परिस्थितियों में सदैव अपनी प्रकृति के प्रति सजग रहते हुए इन घटकों से अप्रभावित रहता है वही पूर्ण पुरुष है।
- जिस व्यक्ति ने अपने मन पर नियंत्रण कर लिया है वह परमात्मा के निकट पहुंच गया है।
- जब आप सांसारिक सुखों-दुखों, आकर्षणों तथा प्रतिकर्षणों से ऊपर उठ जाने के योग्य हो जाते हैं तब आपको केवल खालीपन का अनुभव नहीं होता वरन् आप अपने में आध्यात्मिक जागरण का अनुभव करते हैं।
- हम सदैव यह विचारते रहते हैं कि इस या उस दशा को बदल कर हम इस संसार में अधिक आराम से रह सकेंगे। लेकिन नयी दशा में भी हम अपने को नयी समस्याओं से घिरा हुआ पाते हैं। जब तक हमें यह बोध नहीं होता कि प्रसन्नता का स्रोत हमारे अंदर है, हम चाहे कहीं और किसी भी दशा से रहें, हम सदैव मानसिक दबाव अनुभव करते रहेंगे।

- जितना ही हम अपने को सांसारिक सुखों और खुशियों में लगाते हैं उतना ही कठिनाइयों तथा बंधनों में उलझते जाते हैं एवं उतना ही उनसे स्वतंत्र और मुक्त होना अधिक कठिन होता जाता है।
- जब एक बार आप जीवन के सत्य को दर्शन कर लेते हैं, आप संसार में अंतर देखना बंद कर देते हैं। यहां शत्रु और मित्र, छोटे और बड़े, अमीर और गरीब, ताकतवर और कमजोर, आम आदमी और पड़ोसी में कोई अंतर नहीं है। सभी परमात्मा के शिशु हैं और सभी अभिनेता हैं जो भिन्न-भिन्न भूमिकाएं कर रहें हैं।
- एक व्यक्ति जो अपनी आत्म चेतना में स्थित है और परमात्मा के प्रति जाग्रत है, वह संसार की सभी वस्तुओं तथा सुख की चीजों को अनासक्त भाव से देखता है। उसके लिए स्वर्ण और पाषाण में कोई अंतर नहीं।
- यदि मुझे प्रशंसा पसंद है तो इसका अर्थ है कि मैं निन्दा द्वारा सरलता से दुखी हो सकता हूं।
- आप दूसरों को केवल वही दे सकते हैं जो आपके अंदर है। यदि आपके अंदर क्रोध, चिड़चिड़ापन, घृणा है, आप दूसरों को वही देंगे।
- एक बच्चा तनाव से सदैव मुक्त रहता है। उसी प्रकार यदि आप भी अपने को परमात्मा का शिशु समझें तो तनावों से मुक्त रह सकते हैं।
- विश्व के सबसे महानतम व्यक्ति के पास भी आपकी तरह चौबीस घंटे होते थे। उनके पास महान बनने के लिए आपसे अधिक समय नहीं था।
- संसार एक महान प्रशिक्षणशाला है जहां हम भिन्न-भिन्न परिस्थितियों, घटनाओं, दशाओं, सुखों-दुखों आदि का सामना करके अपने को प्रशिक्षित करते हैं।

❑❑❑

CATALOGUE 2016

पुस्तक महल®

J-3/16, Daryaganj, New Delhi-110002
Ph.: 23276539, 23272783-84, Fax: 011-23260518

Big Size 18.5 x 24 cm Pages over 392 0004 R

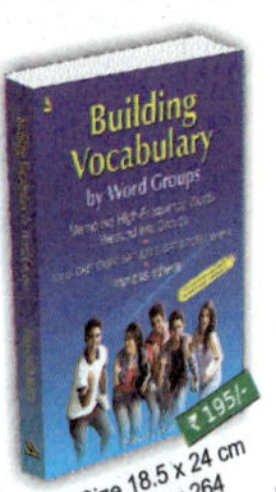

Big Size 18.5 x 24 cm Pages over 264

Big Size 18.5 x 24 cm 0007 R Pages over 368

Big Size 18.5 x 24 cm Pages 384 0001 R

Big Size 18.5 x 24 cm Pages 360 0011 R

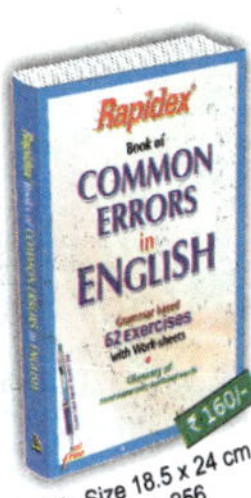

Big Size 18.5 x 24 cm Pages 256 0010 R

1112 S Big Size 18.5 x 24 cm Pages 388 0008 R

Big Size 18.5 x 24 cm Pages 384 0002 R

9694 J

Big Size 18.5 x 24 cm Pages 352

Big Size 18.5 x 24 cm Pages 208 0019 R

Big Size 18.5 x 24 cm Pages 360 0018 R

9913 G Pages 320 Big Size 18.5 x 24 cm Pages 232 0009 R

9742 C Size 13.5 x 19.5 cm Pages 464

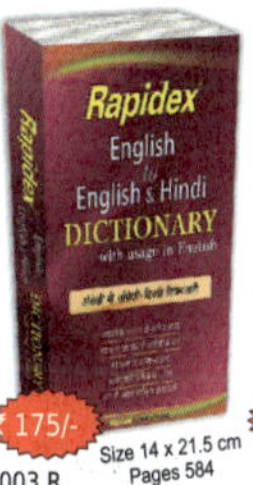

0003 R Size 14 x 21.5 cm Pages 584

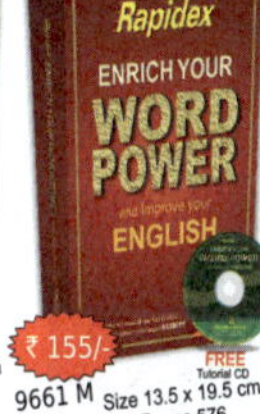

9661 M Size 13.5 x 19.5 cm Pages 576

A 14-Volume series teaching 6 Regional Languages through Hindi & vice versa

With a CD for learning correct pronunciation of English and other language

Big Size 250 Pages & above in each

1232 A - Assamese-Hindi
1233 B - Hindi-Assamese
1215 S - Hindi-Tamil
1217 S - Hindi-Telugu
1218 S - Hindi-Bangla
1219 S - Hindi-Gujarati
1216 S - Hindi Kannada
1221 S - Tamil-Hindi
1223 S - Telugu-Hindi
1224 S - Bangla-Hindi
1225 S - Gujarati-Hindi
1222 S - Kannada-Hindi
1128 B - Hindi-Arabic
1220 S - Malayalam-Hindi
1214 S - Hindi-Malayalam
1236 A - Malayalam-Arabic

English-Hindi, English-Tamil, English-Kannada
English-Telugu, English-Urdu, English-Assamese
English-Bangla, English-Odia, English-Malayalam
English-Marathi, English-Gujarati

Over 1200 entries with coloured pictures

English-Hindi, English- Marathi
English-Odia, English-Kannada
English-Tamil, English-Telugu
English-Nepali, English-Assamese
English-Bangla
अंग्रेज़ी के 1000 से अधिक शब्द
हर शब्द के अनेक अर्थ
अर्थानुसार प्रयोग

Compact Size 10.2x12.7 cm Pages 384 in each

English-Hindi, English-Marathi,
English-Odia, English-Kannada,
English-Tamil, English-Telugu,
English-Nepali, English-Bangla
English to Punjabi & Hindi,
English-Assamese

Size 13.5x19.5 cm Pages 576 in each

6607 L

Pages 252-256 in Each

6611 G - English – Hindi
1133 A - English – Bangla
1132 D - English – Tamil
1134 B - English – Kannada
1136 D - English – Telugu
1137 A - English – Gujarati
1135 C - English – Malayalam

• Four Volumes • Over 800 Pages
• Over 900 Illustrations • 890 Articles

Available in Hindi & English

₹ 120/- ₹ 150/- Ⓣ Ⓔ

₹ 120/- ₹ 150/-

कंप्यूटर/पॉपुलर साइंस/मैजिक

₹ 165/-

₹ 165/-

₹ 140/-

₹ 140/-

₹ 160/-

₹ 100/- ₹ 140/- ₹ 96/- ₹ 120/- ₹ 96/- ₹ 160/-

₹ 80/- ₹ 100/- ₹ 100/- ₹ 80/- ₹ 100/- ₹ 96/-

डाकखर्चः 30 से 40/- रुपए पुस्तक अतिरिक्त

ज्योतिष/अंक शास्त्र

₹ 800/- Ⓔ

₹ 395/-

₹ 150/-

₹ 120/-

₹ 150/-

₹ 150/-

₹ 150/-

₹ 150/-

₹ 100/-

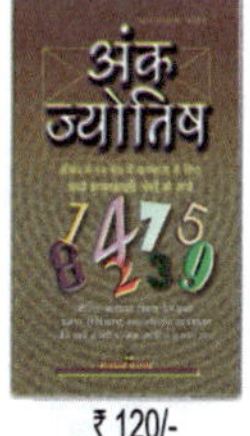

₹ 120/-

फलित ज्योतिष रेडीरेकनर

₹ 120/-

₹ 100/-

₹ 120/-

भवन निर्माण

₹ 175/-

₹ 250/-

उपयोगी कलाएं

₹ 120/-

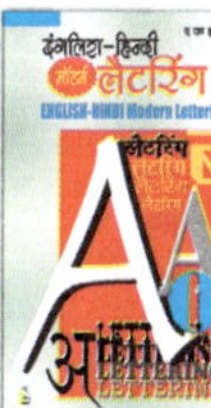

₹ 150/-

₹ 120/-

₹ 100/-

हिन्दी अध्ययन

₹ 180/-

₹ 96/-

₹ 120/-

₹ 195/-

₹ 96/-

₹ 150/-

वाद्य एवं संगीत

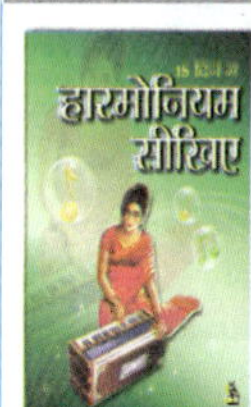

₹ 120/-

₹ 120/-

₹ 120/-

₹ 100/-

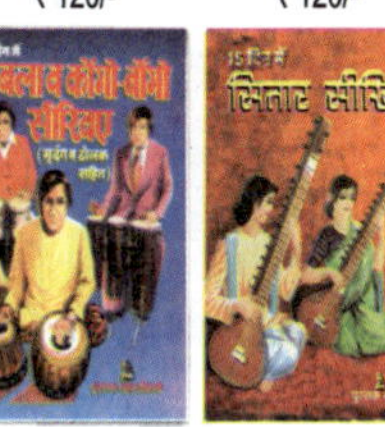

₹ 100/-

₹ 100/-

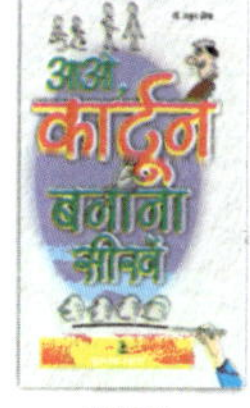

₹ 100/-

कार्टून कैसे बनाएं

₹ 120/-

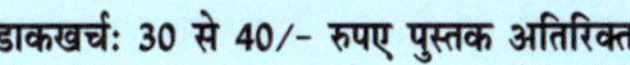
डाकखर्च: 30 से 40/- रुपए पुस्तक अतिरिक्त

₹ 150/- पूर्णतया रंगीन | ₹ 195/- | ₹ 120/- Ⓔ | ₹ 195/- | ₹ 150/- | ₹ 250/- | ₹ 195/-

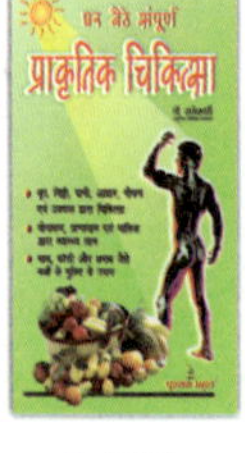

₹ 150/- | ₹ 150/- | ₹ 150/- | ₹ 175/- | ₹ 100/- | ₹ 195/- | ₹ 175/-

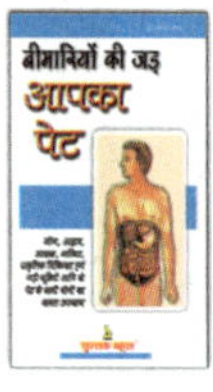

₹ 120/- | ₹ 140/- | ₹ 100/- | ₹ 125/- | ₹ 125/- | ₹ 125/- | ₹ 100/-

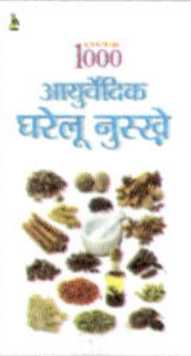

₹ 80/- | ₹ 150/- | ₹ 120/- | ₹ 100/- | ₹ 80/- | ₹ 125/- | ₹ 100/- | ₹ 120/-

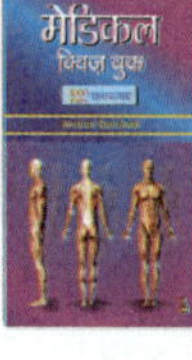

₹ 100/- | ₹ 125/- | ₹ 160/- | ₹ 120/- | ₹ 120/- | ₹ 120/- | ₹ 120/- | ₹ 120/-

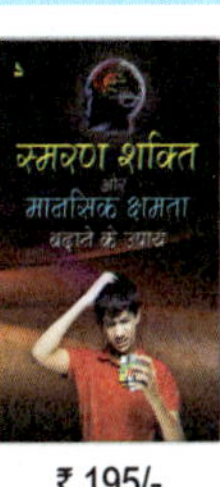

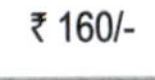

₹ 160/- ₹ 175/- ₹ 100/- ₹ 175/- ₹ 195/- ₹ 195/- ₹ 195/-

₹ 120/- ₹ 150/- ₹ 100/- ₹ 100/- ₹ 100/- ₹ 100/- ₹ 195/-

₹ 120/- ₹ 120/- ₹ 100/- ₹ 100/- ₹ 100/- ₹ 100/- ₹ 120/- ₹ 100/-

₹ 125/- ₹ 60/- ₹ 100/- ₹ 100/- ₹ 100/- ₹ 100/- ₹ 72/- ₹ 150/- ⒷⒺ

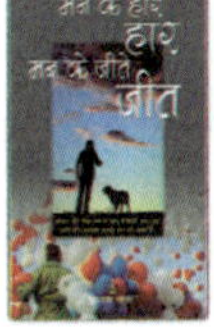

₹ 150/- ₹ 120/- ₹ 80/- ₹ 100/- ₹ 120/- ₹ 150/- ₹ 68/- ₹ 100/-

डाकखर्चः 30 से 40/- रुपए पुस्तक अतिरिक्त

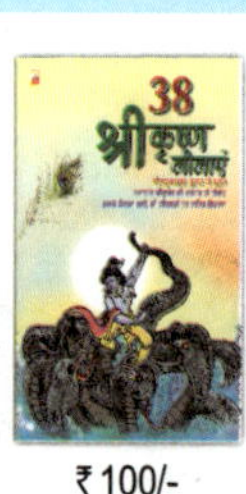

₹160/- ₹100/- ₹100/- ₹80/- ₹100/- ₹80/-

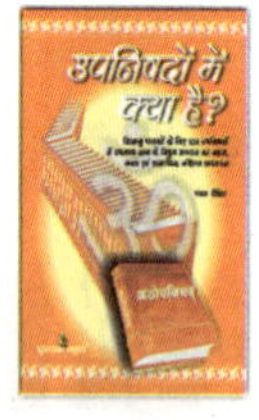

₹96/- ₹120/- ₹120/- ₹120/- ₹120/- ₹30/-

₹140/- ₹80/- ₹100/- ₹120/- ₹80/- ₹120/-

₹150/- ₹150/- ₹150/- ₹120/- ₹195/- ₹175/-

₹150/- ₹100/- ₹96/- ₹100/- ₹80/- ₹40/-

डाकखर्च: 30 से 40/- रुपए पुस्तक अतिरिक्त

₹ 250/- HB
Fully coloured

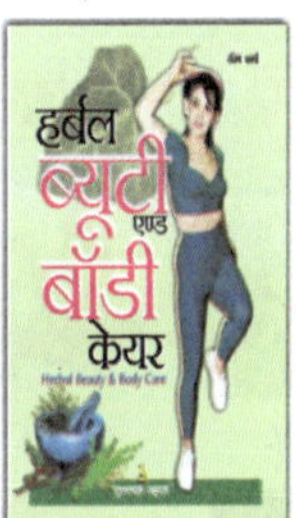

₹ 150/-

₹ 120/-

₹ 100/-

₹ 150/-

₹ 100/-

पाक कलाएं

₹ 80/-

₹ 100/-

₹ 100/-

₹ 100/-

₹ 100/-

₹ 100/-

₹ 100/-

₹ 72/-

₹ 100/-

₹ 100/-

₹ 100/-

₹ 100/-

₹ 100/-

₹ 100/-

बागवानी

₹ 150/-

₹ 150/-

₹ 150/-

₹ 150/-

₹ 120/-

₹ 195/-

₹ 100/-

₹ 100/-

₹ 100/-

₹ 100/-

₹ 100/-

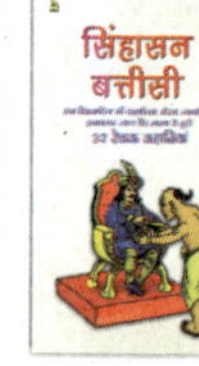

₹ 100/-

₹ 100/-

₹ 120/- Ⓔ Fully coloured

₹ 80/-

₹ 100/-

₹ 100/-

₹ 100/-

₹ 100/-

₹ 100/-

₹ 80/-

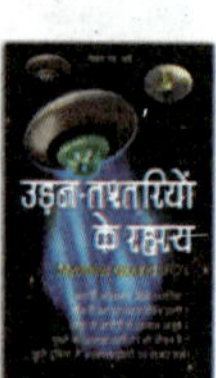

₹ 80/-

₹ 100/-

₹ 100/-

₹ 100/-

₹ 100/-

₹ 100/-

₹ 175/-

हास्य-व्यंग्य

₹ 100/-

₹ 100/-

₹ 100/-

₹ 60/-

₹ 60/-

₹ 60/-

₹ 60/-

₹ 60/-

₹ 100/- Ⓔ

₹ 100/-

₹ 60/-

₹ 60/-

₹ 60/-

₹ 40/-

₹ 60/-

₹ 60/-

₹ 60/-

₹ 60/-